MENSAGEM DE ESPERANÇA

CELSO MARTINS

(Apresentação Dr. Walter Radamés Accorsi)

Capivari - SP
- 1982 -

Mensagem de Esperança

Endereço do Autor para correspondência:
Celso Martins
Caixa Postal nº 61003 - Vila Militar
21613-970 - Rio de Janeiro - RJ

Edição e Distribuição:

EME

EDITORA

Rua Madre Valéria, 903 - Fone/Fax: (0194) 91-3878
Caixa Postal 93 - CEP 13360-000 - Capivari-SP
CGC 67.417.675/0001-01 - I.E. 253.019.375.118-ME

Celso Martins (Prof.)
(Apresentação Dr. Walter Radamés Accorsi)

MENSAGEM DE ESPERANÇA

Editora EME - Capivari - SP

Mensagem de Esperança
7ª Edição - do 21º ao 24º milheiro - 03/95

Capa do livro, baseada num postal enviado ao autor por um seu amigo esperantista da União Soviética em 1981.

133.9 - Martins, Celso - 1942.
Mensagem de Esperança/ Martins, Celso - Capivari-SP - **Editora EME**. 1ª Edição 1982, Editora e Gráfica ABC do Interior, Conchas-SP.
117 pgs.
1 - Espiritismo - Artigos Doutrinários.
2 - Artigos Doutrinários - Espiritismo.

MENSAGEM DE ESPERANÇA

ÍNDICE

LIVROS DE CELSO MARTINS PUBLICADOS PELA **EDITORA EME**

*Aids, Homossexualismo, Alcoolismo, Conflitos Familiares e Temas Diversos
Almanaque Espírita
Ante o Terceiro Milênio
Arca de Noé
*Ascensão Espiritual
*Caboclos, Índios, Pretos Velhos e Outros Assuntos
*Caminho de Luz
*Contando Histórias
Crepúsculo do Século XX
É Possível Ser Feliz?
*Espiritismo e os Problemas da Humanidade (O)
Espiritismo: Obra de Educação
Mensagem de Esperança
*Novos Tempos
*Ponto de Encontro
*Recordando Deolindo Amorim
Sexo e o Amor em Nossas Vidas (O)
*Tome Nota
*Um Pouco Mais Sobre a Mediunidade

---

*Em co-autoria com diversos escritores.

APRESENTAÇÃO

1.ª EDIÇÃO

O culto e consagrado professor, jornalista, escritor e poeta Celso Martins, autor de vários livros espíritas e didáticos, acaba de escrever mais uma importante obra doutrinária, intitulada **Mensagem de Esperança**, com vinte e seis primorosos capítulos, que abordam os mais variados e interessantes temas morais, sociais e filosóficos. Em outras palavras, analisa assuntos relacionados diretamente com a problemática da vida contemporânea, cuja resposta só pode ser obtida à luz do conhecimento divino, que se reflete na harmonia das Leis que regem o Universo Infinito e sustenta a marcha gloriosa da Vida, rumo à suprema perfeição.

Não se trata, por conseguinte, de trabalho de rotina, mas de alto conteúdo espiritual. Revela a correlação natural entre causa e efeito, ou seja, a realidade dos acontecimentos da Vida; tais como devem ser apreciados pela III Revelação, considerada no seu aspecto de Consolador prometido pelo Verbo de Deus. Sim, porque consolar é iluminar e explicar lógica e claramente o comportamento da Vida, permitindo-nos, conseqüentemente, nos ajustarmos à Lei de Amor que a tudo preside e que nos conduzirá à Imortalidade Gloriosa.

Sinto-me, pois, lisonjeado ao fazer a apresentação do novo livro de Celso Martins, esclarecendo que suas páginas se impõem por si só, pelo que de verdade possuem. E a Verdade, na afirmativa do Mestre, nos libertará, tornando-nos conscientes de nossa responsabilidade diante de Deus, do Universo e da Vida.

Parabenizo, pois, de coração a Celso Martins e os leitores por vir a lume mais esta preciosa obra literária, que edifica e consolida a Fé na Esperança de uma Vida plena de paz, de amor e de justiça, num mundo melhor.

Piracicaba, janeiro de 1982

Walter Radamés Accorsi

PREFÁCIO

O título diz tudo. Define bem a intenção que levou o autor destas páginas a organizar o presente livrinho. O mundo se encontra muito convulsionado. A dor faz morada em muitos corações. Por isso, a descrença, o negativismo, o desânimo se instalam insidiosamente na alma de muita gente que sofre, que geme, que clama, a despeito de tanta descoberta científica retumbante, de tanta conquista tecnológica admirável, de tanto avanço material na atualidade.

Precisamos despertar as criaturas para a compreensão das Leis de Deus. Precisamos incutir nelas o desejo de amar o semelhante como a única condição de se conquistar a felicidade e de se obter a alegria de viver. Precisamos acenar para os homens com a bandeira branca da paz interior, à guisa de oásis verdejante acolhendo o beduíno que segue, desanimado, sob o sol causticante de um deserto de desesperança.

No mar encapelado das angústias modernas, só mesmo os ensinamentos sublimes de Jesus têm o poder supremo de conduzir nossos barcos, o barquinho de nossas vidas, para o porto seguro da alegria de viver.

Este livro recorda então, mais uma vez, as palavras e os exemplos de Jesus. Fala-nos da proteção de Deus e da assistência de nossos amigos espirituais. E enfatiza a necessidade de que trabalhemos cada dia, cada hora, na construção de nossa ventura a partir da espontânea vivência do Amor.

CELSO MARTINS
Setembro de 1981

1 — MENSAGEM DE ESPERANÇA

Não resta a menor dúvida de que o final do século XX se mostra demasiado agitado. Basta ligarmos o aparelho de tevê, e veremos notícias de guerras em diversos pontos do Globo. Basta sintonizarmos um pequeno transistor numa rádio-emissora qualquer, e ouviremos referências a violentos atentados contra a pessoa humana e a segurança da sociedade. Basta, enfim, abrirmos um jornal ou uma revista, e depararemos com fotografias explorando o sensualismo mais debochado e dissolvente.

Aqui, é um povo que se debate em dificuldades econômicas. Ali, é outra nacionalidade que se agita em problemas políticos. Acolá, é um país que se contorce em crises sociais.

Por sobre todos pairam os efeitos negativos da poluição ambiental. Amedrontam-se os homens ante a perspectiva da falta de combustíveis fósseis e de minérios básicos, de alimentos de primeira necessidade e de vestes adequadas para o inverno. E o desânimo se instala nas almas. O desencanto diante da sensaboria das horas entorpece os espíritos enquanto a desfaçatez de muitos e a hipocrisia de tantos outros desiludem as mais caras aspirações de uma juventude sem amor e desorientada!

Eis aí, amigos, em rápidas pinceladas, o panorama do mundo atual, às portas do século XXI, ou seja, neste final de século tecnológico. Aliás, não foi dito nada de novo nem de surpreendente pois tudo isto já sabemos sobejamente. Tudo isso já foi, inclusive, de certa forma profetizado por remotos videntes na longa história da raça humana. Até mesmo Jesus, em seu sermão profético, a estes acontecimentos que estamos vivendo, se referiu há dois mil anos atrás!

No entanto, não há por que desesperar!

Isto mesmo: Não há por que desesperar!...

Notemos que o céu tem mais estrelas exatamente quando a noite é mais negra! Notemos ainda que, da própria imundície dos pântanos é possível nascer e sorrir à doce luz do sol primaveril a brancura alvinitente de um formoso lírio!

Assim é que, a despeito de tantos acerbos sofrimentos, que às vezes nem compreendemos nem queremos aceitar — uma luz maior se impõe mais acima de todos nós! É a lei do progresso, inexorável, da qual ninguém pode fugir indefinidamente!...

Porfia a criança na escola elementar por alfabetizar-se. Tanto como o jovem se esfalfa por completar seus estudos universitários. Em ambos os casos, constatamos aquela ingente luta, aquele denodado esforço, aquele empenho laborioso, a chama de um ideal por conquistar algo mais em termos de realização interior.

O mesmo está ocorrendo com a Humanidade, em larga escala, já se vê. Toda uma escala de valores tradicionais está sendo discutida a fundo, pondo-se de lado tudo quanto não mais corresponda aos anseios modernos.

Entretanto, novos valores substitutivos ainda não foram estabelecidos pela grande maioria, daí este aparente estado de confusão em que se movimentam os homens em nossos dias.

Não obstante, tudo isto é passageiro, é transitório.

Assemelha-se aos trabalhos de parto a que dada mulher esteja submetida. A breve tempo, o menino nascerá e a mãe, exultante de alegria, radiante de incontida felicidade — ao vê-lo robusto e sadio — esquecerá todos os incômodos que sofrera, minutos antes.

Estamos diante do nascimento de uma nova era de resplendor e de paz!

Um novo mundo está nascendo dos escombros do mundo velho!

Uma alvorada sublime estará, a breves decênios, rompendo o negrume das trevas atuais e o Evangelho de

Jesus será o divino Código Moral a reger com segurança todos os hábitos e costumes dos povos e das nações!

Atentemos para estas palavras de O Evangelho segundo o Espiritismo, Capítulo III, v. 19 onde aparece Santo Agostinho afirmando:

"Ao mesmo tempo que os seres vivos progridem moralmente, os mundos que habitam progridem materialmente. Quem pudesse acompanhar um mundo em suas várias fases, desde o momento em que se aglomeraram os primeiros átomos que o constituíram, vê-lo-ia percorrer uma escala progressiva em graus insensíveis para cada geração, e oferecer a seus habitantes morada mais agradável à medida que estes avançam no caminho do progresso." Noutro trecho, prossegue ele:

"Conforme esta lei, a Terra já esteve, material e moralmente, em situação inferior à de hoje e alcançará, sob esta dupla relação, um grau mais avançado. Já chegou a um de seus períodos de transformação, no qual passará de mundo de expiação a mundo regenerador."

E Santo Agostinho termina a mensagem declarando textualmente:

"Então o homem nela será feliz, porque reinará a lei de Deus."

Sem dúvida, é imensa a legião de Espíritos amigos e de homens contemporâneos que luta por tornar esta hora uma realidade objetiva.

Pena seja que não tomemos conhecimento mais efetivo de tudo isto através dos corriqueiros meios de comunicação de massa. Infelizmente só raríssimas vezes é que eles anunciam ao mundo o lado positivo das pessoas, dos fatos e das situações, explorando com sensacionalismo o lado negativo, o aspecto deprimente, o ângulo desagradável.

O Bem não tem vocação para apresentar-se ostensivamente. Ele prefere atuar na humildade do anonimato. Nem por isto, no entanto, deixa de existir. Nem por isto deixa de atuar!

Neste justo momento quando você me lê, muita gente encarnada e desencarnada está conjugando esforços, está somando meios, está congregando recursos no sentido de que haja — realmente — mais paz no orbe terrestre. Mais amor nas relações humanas. Por todos os lados, a despeito de todas as crises e dificuldades, de todas as nossas fraquezas e de nossas imperfeições, miríades de pequenos grandes trabalhos estão sendo feitos, estão sendo realizados, com amor, com dedicação, com idealismo, com entusiasmo, em favor da melhoria material, moral e espiritual de toda a Humanidade, ante o advento do século XXI.

E diante deste esclarecimento que alarga a nossa compreensão das coisas, cabe então a pergunta, não sei se indiscreta e impertinente: E Você, qual tem sido a sua colaboração na construção de um mundo melhor, hein?

2 — CARTA AO CORAÇÃO MATERNO

Bem sei que o coração materno deseja, via de regra, o melhor para os seus filhos. Aliás, o que bem caracteriza o amor maternal é exatamente este incessante desejo de oferecer tudo de bom ao filho querido, ainda que para tanto deva sacrificar-se em suas mais caras aspirações. Tanto que a mãe só se sente verdadeiramente venturosa quando vê o filho feliz. E se vê nas malhas de uma dolorosa angústia quando o vê em apuros.

Infelizmente, os filhos nem sempre valorizam este empenho sincero da mulher que lhe deu luz, fazendo com que ela sofra toda gama de sofrimentos ocultos.

No entanto, as mães que enfrentam este cruciante padecimento moral, precisam estas mulheres admiráveis abrir o entendimento às bênçãos de melhor compreensão das coisas. É bem possível que esta nova maneira de ver as coisas de certa forma lhes amenize o sofrimento interior.

Queremos dizer que, embora nos inspire sempre o desejo de oferecer ao filho aquilo que julgamos seja o melhor, nem sempre nos é lícito fazer com que ele pense de igual maneira. Atentemos bem para o fato de que não podemos, de modo algum, caminhar por ele. Quando muito, podemos seguir a seu lado, dando-lhe o aconchegante apoio de nosso amor desinteressado. Mas ele mesmo terá de caminhar sobre o solo da Terra com os seus próprios pés. Cada um de nós deve viver a sua vida a seu jeito e modo. Cada qual constrói a sua felicidade ou sua desdita com as próprias mãos, não nos assistindo o direito de interferir nesta construção que é algo profundamente individual.

Nossos filhos devem ser vistos como Gibran Khalil Gibran os retratou num poema famoso, constante de seu livro O Profeta:

"Vossos filhos não são vossos filhos. São os filhos e as filhas da ânsia da Vida por si mesma. Vêm eles através de vós mas não de vós. E embora vivam convosco, eles não vos pertencem".

Sem dúvida, não lhes negaremos o auxílio de uma palavra conselheira. Nem lhes recusaremos a ajuda de um consolo oportuno. No entanto, quando percebermos que não somos ouvidos nem entendidos em nossas melhores intenções — então é chegada a hora de entregar o filho à ação da própria vida no decorrer do tempo. Inclusive aquele caminho que ele escolheu para trilhar, embora a nossa opinião não seja o mais acertado, poderá ser-lhe até o mais adequado, dando-lhe oportunidade de realizar-se e ser feliz.

Antes de ser filho de nossa carne perecível, ele o é do Amor de Deus. E se dele nós muito gostamos, sem dúvida alguma Deus o ama muito mais que nós. Melhor que nós, Deus saberá protegê-lo onde quer que ele se situe nas experiências do mundo.

Ó mães que me lêdes! Ó mães que me ouvis!

Com profundo respeito eu admiro a pureza de belos corações como os vossos.

Bem sei quão sincero é o móvel de vossos propósitos em benefício dos entes familiares — o que, de certa forma, repito, deixa bem claro o bendito espírito de renúncia e de abnegação de que vos revestistes! Contudo, é preciso não descrer nunca da Paternidade Divina, a qual permite a cada criatura agir como melhor alvitre adequado, respondendo, depois, pelas conseqüências morais de seus atos.

Ó mães que sofreis tanto no mundo atual !

Abri as vossas mentes a este esclarecimento de confiança em Deus. E esta compreensão mais ampla, se não retira do filho a exata responsabilidade de seus cometimentos, pelo menos a todos nós nos coloca no seu devido lugar diante das Leis Morais da Vida.

Um dia, disto ninguém duvide, todos nós de novo nos

abraçaremos em uma situação de mais calma e de mais alegria, num degrau mais avançado de progresso evolutivo, de vez que a Sabedoria do Criador conduz todos os seus filhos, todos eles sem qualquer exceção, para a sua própria redenção espiritual.

E enquanto não soe esta hora gloriosa, consideremo-lo e aceitemo-lo em sua condição de filho antes de tudo de Deus, tanto quanto se dá conosco com necessidades e esperanças semelhantes às nossas. Se aceita outros gêneros de felicidade diferente da nossa, ajudemo-lo não lhe violentando o sentimento em nome de nosso amor no propósito de escravizá-lo aos nossos pontos de vista. Acima de tudo aprendamos a respeitar o seu livre arbítrio na certeza de que Deus a todos ampara e ama sempre!

3 — ALÉM DA SEPULTURA

Muito natural você querer saber como é a vida além da sepultura... Se é, dirá você, que além das sombras da morte, haja, de fato, alguma coisa.

Muito natural este seu desejo, meu amigo, pois você, eu, todos nós, queiramos ou não, para lá nos dirigimos, só Deus sabendo quando, como e onde embarcaremos no comboio que vai para o Grande Além!

Devo dizer-lhe que as informações de que dispomos são resultantes do relato dos próprios mortos. Sim, eles vêm até nós, outra vez, na forma de Espíritos desencarnados através de médiuns e relatam por escrito ou de viva voz o que encontram além das cinzas do túmulo!

Baseados, então, neste gênero de informações, passamos a entender que a morte não representa o fim da vida. A vida não termina no alento derradeiro. Naquele momento grave acaba apenas a vida orgânica. E o corpo é então entregue à oficina da Natureza e seus elementos irão, por imposição biológica, sustentar outros seres vivos. Mas o homem não é apenas o corpo de carne e ossos. Em essência o homem é um Espírito pensante, dotado de senso moral. E o Espírito não sofre tais transformações materiais do corpo. Ele é devolvido, pela morte, ao mundo dos Espíritos. Com a morte, ele volta à sua pátria de origem, de onde veio antes de chorar pela primeira vez quando levou a clássica palmada da parteira ou do médico-obstetra de sua mãezinha.

Bem, no mundo espiritual há diversos planos, tal como ocorre conosco, homens encarnados no corpo denso.

Tais planos definem-se pela elevação moral dos Espíritos que se reúnem de acordo com a sua evolução. Um Espírito profundamente agarrado às coisas materiais, claro que terá dificuldades para alçar-se a mais alto. Unindo-se a outros companheiros de igual temperamento, ainda se julgará com fome, com frio, com dor, ainda se considerará encarnado, com os mesmos vícios, as mesmas más inclinações, as mesmas paixões, influindo inclusive sobre o ânimo dos próprios homens de igual padrão emocional.

Ao contrário, um Espírito afeito às leis de Deus, que na vida procurou fazer o Bem, a viver o Amor, a observar a Fraternidade, a respeitar a Justiça, com facilidade vai ao encontro de velhos amigos, de parentes que já desencarnaram (morreram) anteriormente e encontra diante de si belas e promissoras oportunidades de progresso.

E aqueloutro que se encontra ainda nas trevas do egoísmo, do orgulho, do pessimismo, do desânimo — também será socorrido, desde que manifeste sincero anseio de melhoria moral. E será, graças à misericórdia infinita de Jesus, conduzido a escolas, a hospitais, a ambientes para o seu adequado refazimento e reequilíbrio.

Como todos não alcançamos ainda os píncaros da evolução a que Deus nos destinou, eis que, na verdade, sentiremos a necessidade de uma nova vida corpórea. É quando então o Espírito tendo em vista a sua gradativa e ascendente evolução moral, cuida de tomar um novo corpo, adquirir uma nova oportunidade de progresso, nas bênçãos de uma nova encarnação.

Num supremo esforço de síntese, deixo com você este resumo do que seja, mais ou menos, a vida além da morte.

Agora que você já tem este conhecimento sobre a vida além da morte, eis que podemos ampliá-lo com mais profundas elucidações doutrinárias oportunas. Senão, vejamos ainda.

Com muita razão é o mundo espiritual considerado a pátria da Verdade. Isto porque, nele, as criaturas são analisadas tal como são, em realidade. De nada valem os disfarces da vida material, cujas aparências conseguem encobrir a intimidade dos homens, na Terra.

No Grande Além, cada um é medido pela fita métrica do seu verdadeiro valor individual. Ilude-se quem suponha possa, na Erraticidade, gozar deste ou daquele privilégio, se não trabalhou no sentido de receber esta ou aquela melhor situação. A consciência é que dita onde deve ficar localizado o Espírito no que diz respeito à sua posição feliz ou desditosa.

Entre os homens, não raro, fala alto a camada social a que pertencemos. Assim, as portas das facilidades se abrem amplamente aos que pertencem às famílias mais abastadas, aos grupos mais bem aquinhoados de bens e de haveres. E se fecham ante as batidas angustiantes dos pobres e dos deserdados. E é por isso que, não raro, enquanto homens vazios de bons sentimentos levam vida folgada, outros tantos, cheios de bons impulsos para o Bem comum, vivem a braços com o desconforto e a dificuldade.

Além da sepultura, no entanto, a cada um será dado de acordo com o seu merecimento. É claro que os que padecem no mundo, estão resgatando débitos anteriores. É fora de dúvida de que, os que choram e clamam agora, em outras encarnações anteriores, ou mesmo nesta presente vida corpórea, fizeram alguém sofrer e chorar. Quem com ferro fere, com ferro será ferido — já ensinava Jesus.

Nada obstante, se souberem vencer com galhardia as suas dolorosas expiações, na existência de além-túmulo hão-de sentir-se felizes por haverem-se descartado de débitos passados. Tanto quanto aqueles que indiferentes ao alheio sofrimento, desfrutam à tripa forra todos os prazeres ilusórios do mundo material, no lado de lá, lamentarão profundamente o tempo perdido em fugazes passatempos, às vezes até em detrimento da melhoria moral ou material de seus semelhantes, a quem tanto exploraram. Não, não é maldição de minha parte, não! É tão somente a ação da Lei de Deus. E semelhante Lei não conhece suborno, dela não fugimos porque somos influentes na vida social, não! A cada um segundo as suas próprias obras!

Não somos naturais deste ou daquele país. Nem ficaremos eternamente amarrados a este ou àquele mundo. A grande verdade é que somos todos, sem exceção alguma, cidadãos do Universo e o nosso destino é o Infinito, a nossa destinação é sermos felizes gozando a felicidade interior, elaborada por nós mesmos, ao longo das vidas sucessivas.

Eis o que prega o Espiritismo, com a comprovação dada pelos fatos. Está, pois, em suas mãos amigo leitor, ser feliz ou desgraçado, depois da morte. E você que me está lendo esta página, não poderá nunca dizer: Ah! Eu não sabia!... Eu não sabia!...

O próprio cientista alemão Wernher von Braun já afirmava: Acredito numa alma imortal. A Ciência provou que nada acaba em nada. Assim, a vida e a alma não podem ser destruídas, não podem ser reduzidas a nada, e por isso mesmo são imortais.

4 — LAMENTAÇÕES

Se você parar de se lamentar, notará que a felicidade está chamando o seu coração para uma vida nova.

Esta frase é de André Luiz pelo lápis do médium mineiro Chico Xavier, no livro Sinal Verde, lição n.° 26.

Há pessoas que passam o dia inteiro se lamentando da vida. Parece que adquiriram o péssimo hábito de ver tudo roxo, que lamentam de tudo e de todos.

Agora, elas se queixam porque está fazendo calor. Depois, porque está fazendo frio. E lamentam o procedimento do marido sem reconhecer, nele, o esteio econômico do lar. Lamentam do modo de viver da esposa, sem perceber, nela, o apoio fundamental do equilíbrio da casa. E falam mal do patrão, do parente, do vizinho, do conhecido, do motorista do ônibus, do vendedor da loja, do atendente na repartição pública. Estão descontentes com o Governo, com a professora do filho, com o time do futebol carioca ou paulista. Estão até descontentes com Deus por lhes não ter dado a sorte grande no último sorteio da Loteria Federal nem terem feito o bolão da Loteria Esportiva.

Nesta mania doentia de reclamar de tudo e de todos — acabam nutrindo inveja contra A e contra B, alegando que a felicidade deixou de bater à sua porta para fazer morada na casa de seu vizinho da direita ou da esquerda. Esquecemos todos nós, não raro, inúmeras coisas que já possuímos, para lamentar uma só que ainda não temos no presente.

Temos dedos perfeitos, sadios, ágeis, sem artritismo. Mas lamentamos não ter anéis com raras pedras de alto valor. E com isso nós nos desesperamos. Chegamos até a blasfemar contra Deus!

Evidentemente, o desejo de bem-estar é natural..

Foi este desejo que levou o homem primitivo a evoluir no tempo e no espaço, abandonando as cavernas, a ponto de hoje habitar cidades cheias de conforto e comodidade. Assim, devemos lutar por melhorar a cada dia a nossa situação material, moral, intelectual e sobretudo espiritual, pois isso faz parte da natureza do Espírito humano e é também da Lei de Deus.

No entanto, ao invés de perdermos tempo em lamentações, com reclamações, com queixas contra todos — movimentemos os nossos recursos, coloquemos a imaginação e a inteligência para funcionar, abandonemos a condição de eternos pedintes das graças de Deus através de extensos peditórios. Ajamos. Sim, ajamos, trabalhemos no sentido de melhorar a nossa existência em todos os sentidos, vencendo as naturais dificuldades de cada dia, com fé em Deus e com desejo de vencer e de acertar.

Ruy Barbosa em sua famosa Oração aos Moços, dentre outras oportunas elucidações, escreveu estas frases magistrais:

"Oração e trabalho são os recursos mais poderosos na criação moral do homem. A oração é o íntimo sublimar-se d'alma pelo contacto com Deus. O trabalho é o inteirar, o desenvolver, o apurar das energias do corpo e do espírito, mediante a ação contínua de cada um sobre o mundo onde labutamos."

"O indivíduo que trabalha, acerca-se continuamente do autor de todas as coisas, tomando na sua obra uma parte, de que depende também a dele. O Criador começa e a criatura acaba a criação de si própria."

Noutro trecho deste mesmo trabalho, Ruy asseverava:

"Ninguém desanime, pois, de que o berço lhe não fosse generoso, ninguém se creia malfadado, por lhe mingarem de nascença haveres e qualidade. Em tudo isso não há surpresas, que se não possam esperar da tenacidade e santidade do trabalho".

Voltemos então nossa atenção à frase de André Luiz: Se você parar de se lamentar, a felicidade estará chamando seu coração para uma vida melhor!

5 — NA HORA DA PROVAÇÃO

O aluno negligente não aprecia a época das provas escolares.

É um período durante o qual ele será testado se aprendeu corretamente as lições administradas em classe. Será avaliado se estudou os temas examinados em aula. Por isso, repito, o aluno negligente não aprecia a época das provas escolares, não!

Ah! se ele pudesse... iria ao colégio somente a título de passeio, de recreação, de passatempo, para ver as novidades, travando contacto com colegas e até namorados e namoradas, merendar na hora do lanche, coisas assim.

Mas... estudar? Ora, estudar? Preparar as lições... mergulhar a atenção nos livros... atirar-se aos estudos... Ah! Isto não! Estudar cansa tanto!...

O aluno negligente não aprecia a época das provas escolares. Chega mesmo a detestá-la. E tenta, não raro, usar de meios ilícitos, na conhecidíssima prática da COLA, a fim de obter melhores notas ou um conceito razoável que o habilite, legalmente, a ser promovido de série.

Se não consegue esta promoção, então sem o menor receio atira a culpa nas costas do professor. Ele é o grande culpado. Não tem didática. Não sabe explicar. Só vive nervoso, impaciente, já está velho, quadrado, bitolado, fora de moda, coisas assim!

O aluno vadio não gosta de fazer provas escolares!

Se formos pensar com mais atenção, veremos claramente ser a nossa vida, na Terra, uma vasta escola onde somos todos velhos e eternos aprendizes. E, para maior vergonha nossa, quase sempre como somos relapsos, rebeldes, preguiçosos e indolentes! Estudar que é bom nada! Isto cansa tanto...

A vida é uma grande escola e nela somos todos alunos.

O professor se chama sofrimento. Infelizmente é a dura verdade. Ele se achega até nós no momento da prova definitiva. No instante do teste decisivo. E quão poucas vezes logramos aprovação!...

Quem de nós, caro leitor, não atravessou um período de provas na vida humana dentro deste imenso educandário que se chama vida? Provas em forma de dor orgânica. Provas em forma de angústia moral. Provas como dificuldades econômicas. Como brigas familiares. Quem jamais passou por semelhantes provas ao longo de seu viver? Quem?

Pois bem, assim como lá no colégio é a prova que avalia o crescimento do aluno, ao longo de um ano letivo, também na grandiosa hora das provações terrenas que a vida nos apresenta é que somos medidos em nosso crescimento moral e espiritual. É a própria vida testando a nossa paciência, a nossa persistência, a nossa fé, a nossa disposição de vencer e avançar para a frente e para o alto.

O modo pelo qual nós nos comportamos nestes instantes de angústia ou de sofrimento é que definirá até onde avançamos, até que ponto conseguimos dominar aquela fera bravia que se esconde em nosso coração e que se chama egoísmo, se chama orgulho, se chama vaidade...

Amigos, através da prova o aluno diligente passa de uma série a outra seguinte. E lá um belo dia conclui o curso. E passa num concurso. E consegue a palma da vitória. Pois bem, que saibamos de igual maneira sair-nos triunfantes das provações da existência corpórea. Que possamos enfrentá-las com galhardia, com ânimo, com disposição de perdoar e auxiliar a todos indistintamente.

Eu sei que isto é, às vezes, difícil de ser feito. E a maior dificuldade reside, não raro, em nossa intransigência, em nossa comodidade, em nosso preconceito, em nosso desânimo.

Mas é preciso insistir no Bem, uma, duas, três, dez,

cem, mil vezes. Pois só assim, quando chegar a hora de nosso último alento à face da Terra, então desta escola planetária sairemos na condição daquele aluno que não repetiu a série por sua negligência indolente e contumaz! Pelo contrário, aproveitou o tempo, usou os talentos emprestados por Deus e conseguiu amealhar qualidades a guisa de uma escada luminosa de ascensão à paz e à alegria da redenção espiritual.

6 — PALAVRAS DE OTIMISMO

Em meio a tantas notícias tristes, dando conta de violências, de desrespeito aos direitos humanos, de descrença aos valores morais da vida — creio ser agradável oferecer aos leitores alguma página de certa forma otimista, com palavras de encorajamento na tentativa de despertar no ânimo das criaturas o bom desejo de fazer o Bem. Pois se este fosse sempre o nosso anseio, acredito que outro haveria de ser o panorama do mundo em que vivemos.

Recentemente recebi de um amigo um folheto onde aparecia esta linda frase: Quando o amor não sabe dividir-se, a felicidade não consegue multiplicar-se!

Uma grande assertiva! Uma grande afirmativa esta aí!

Todos nós desejamos, com todas as forças de nossos corações, com todos os vigores da alma, ser felizes! Quem é que não quer ser feliz? Imensa e intensamente feliz? Quem? Todos nós o queremos... — É da natureza humana este desejo de felicidade... Para tanto — como lutamos, como suamos, como trabalhamos...

Todavia, nem sempre sabemos canalizar os esforços despendidos no caminho da felicidade verdadeira. Confundimos instantes de mero bem-estar com o estado de espírito realmente feliz... Supomos seja encanto de viver o simples escoar de uns momentos fugazes de prazer e nada mais que isto!

Ah! Quanta ilusão nisto tudo... Embora seja sumamente subjetivo o conceito de felicidade, e assim, cada um vê a seu jeito e modo, o grande caso é que ela existe. Existe e podemos ser felizes pois ela pode situar-se, perfeitamente, ao alcance de nossas mãos.

Mas para que isto seja realidade, aí é que o amor tem de entrar em cena. Ele tem de comparecer pois sem ele, a felicidade não existe.

A felicidade verdadeira se multiplicará em nosso caminho se formos capazes de dividir o nosso amor com a Humanidade — eis a fórmula mágica da alegria de viver. Tão simples, tão clara, tão fácil de se comprovar como único caminho que nos leva à ventura interior!... E como custamos para pô-la em prática, retardando a nossa redenção espiritual!

Enquanto busca a felicidade, exclusivamente para si, o indivíduo jamais consegue gozá-la em toda sua pujante plenitude. É preciso que o humano coração se abra em amor para com as criaturas, a fim de que, em resultado direto deste desprendimento, ele se inunde da luz da ventura e se encharque do vinho capitoso da satisfação pela constatação de que, se fez o Bem, se espalhou um pouco mais de esperança no coração dos semelhantes, automaticamente a vida lhe dá tudo isto em recompensa exuberante!

Fora disto, meus amigos, tudo o mais é ilusão... É procurar por uma coisa que não sabemos ao certo o que seja nem sabemos onde é que realmente esteja.

Muito a propósito, cito a seguir um fato ocorrido há algum tempo.

Bateram ao portão. Vou atender. É da parte de um instituto evangélico que mantém um asilo de cegos. Vieram buscar a minha pequena contribuição anual. Foi então que me deram um folheto informativo de uma igreja batista de um bairro aqui perto de minha residência.

Lendo tal folheto encontrei uma pequena mensagem que, sendo de autoria do sr. Carlos Afonso Schmidt, a quem não tenho o prazer de conhecer, acho que vem completar (e mesmo fechar com chave de ouro) o que estava dizendo antes. Ei-la:

"Para nada me servem as riquezas todas do mundo se, na hora em que me chamares, Senhor, eu estiver longe de ti. Se em meu coração não houver nem tempo nem lugar para o meu Deus, de nada valerão as fábricas, as oficinas, os postos, as fazendas, as máquinas e os cheques ouro, no dia em que o Senhor vier.

"Por que toda esta ganância, esta sofreguidão, esta cobiça, este desejo sem fim de possuir, de ter e ter de novo, se tudo é passageiro e perecível e apenas Deus e nosso Espírito não morrem?

"Por que não repartir com mais justiça os bens que o mundo proporciona, para que todos tenham igualmente direito à subsistência? Desenvolvimento e progresso não é o mesmo que entesourar e acumular riquezas. Senhor! E por que esta inversão de valores? Como não dispor de tempo para adorar o Senhor e procurar a sua intimidade, se tudo o mais perecerá?

"É hora de acordar! Ajuda-me, Senhor! Eu quero ver! Ver do que preciso despojar-me... ver do que preciso revestir-me para ser diariamente um homem novo segundo Jesus Cristo...

"Dá-me sabedoria excelsa que me faz ter tempo suficiente para os cuidados do corpo sem menosprezar o Espírito. E então, Senhor, serei a criatura mais rica do mundo: sem deixar de valer-me dos bens que criaste, meu grande tesouro será TU, o eterno tesouro de um coração que não foi criado apenas para a Terra."

Voltamos, então, nossa atenção à frase inicial: Quando o amor não sabe dividir-se, a felicidade não consegue multiplicar-se...

7 — TEMOR DA MORTE

O que torna a morte mais atemorizadora não é a morte em si mesma, mas os costumeiros acessórios de natureza social que a criatura humana usa para revestir aquela hora inevitável na existência de cada um e de todos nós.

Em nome de sentimentos de amigos, de parentes e de conhecidos — o pranto convulso e muitas vezes a lamentação fazem-na confrangedora...

Em virtude das tradições religiosas, cerimônias tristonhas pintam de negro e de roxo não só os ambientes como as próprias fisionomias das pessoas participantes das solenidades fúnebres.

Ora, é apenas este revestimento externo que torna o momento da morte tão soturno, tão amedrontador!

Quando a criatura, no entanto, a encara como sendo a porta da libertação do Espírito, o instante da morte se transforma em momento de redenção como se a gaiola tivesse aberta a sua portinhola e daí saísse todo feliz o pássaro ansioso por singrar o azul da imensidão! Principalmente quando o Espírito regressa à pátria da verdade tendo plena consciência de que viveu no caminho da Caridade, do Amor e da Justiça, tanto quanto lhe foi isso possível na vida material ora finda! E espera, confiante em Deus, prosseguir, do lado de lá, nesta mesma trajetória, em direção à sua Perfeição!

Morte, ó morte! Não és aquele espectro cavernoso que vem ceifar a nossa individualidade, mergulhando-nos em um vácuo, no silêncio do nada! Nem arrebatando-nos em seu abraço macabro para o inferno! Tampouco não é aquela estrada reluzente que nos levaria a um céu de eterno descanso beatífico!

Não! És apenas aquela chave que nos descerra as grades que nos algemam ao mundo das formas terrenas e nos dá passagem para voltar a um plano onde a vida se apresenta em outra modalidade vibratória!

Amigo de minh'alma! Leitor querido! Companheiro de romagem terrena: Deixemos morrer em nós o orgulho e a vaidade... Para que, em chegando a nossa hora da partida para o Além, possamos ressurgir dentre as sombras da morte na qualidade de Espíritos em marcha para Deus, vivendo ainda do lado de lá as abençoadas oportunidades de progresso em termos de nós mesmos e em termos dos que nos cercam nesta grande viagem ao longo das vidas sucessivas.

Para encerrar, recordemos o que escreveu Léon Denis:

As preces fervorosas dos amigos, dos parentes, são muito mais eficazes para o Espírito do morto do que as manifestações do culto mais pomposo; não é, contudo, conveniente entregarmo-nos desmedidamente à dor da separação. As saudades da partida são, decerto legítimas e as lágrimas sinceras são sagradas; mas quando demasiado violentas, estas saudades entristecem e desanimam aquele que é objeto e, muitas vezes, testemunha delas.

8 — O DEVER

Nada mais belo do que o cumprimento do dever.

Belo porque dele depende a ordem. Dele nasce o equilíbrio. Dele resulta a harmonia. Assim, sua desobediência é porta aberta à desarmonia. Induz à desordem. Provoca o desequilíbrio.

Em síntese, o dever, se obedecido, nos leva a um estado de consciência tranqüila, e, desobedecido, nos coloca na condição de desassossego interior.

Vejamos exemplos disto.

Nada mais belo do que o escoar das águas de um rio. Serpenteando por entre a verdura dos campos, o riacho beija as margens carinhosamente, irrigando os solos das lavouras. É ponto de partida das colheitas fartas na estação das grandes plantações.

Todavia, se a correnteza não se conforma ao dever de limitar-se ao leito do rio, se ela transborda além das beiradas naturais do alvéolo — nada mais desolador do que as paragens alagadas, as searas devastadas, as criações destruídas, para desespero dos agricultores e dos fazendeiros.

Nada mais belo do que o deslizar dos automóveis ao longo do asfalto de uma estrada. Subindo montes e vencendo túneis, o veículo transporta passageiros e mercadorias de um a outro ponto do continente. É ponto de apoio de progresso social no desenvolvimento econômico de um país.

Mas se o carro não se sujeita ao dever de atender ao comando do eixo de direção nem à ação da alavanca do freio, se ele desce ribanceira abaixo descontroladamente — nada mais destruidor do que os acidentes daí oriundos, com ferimentos e mesmo morte dos seus ocupantes e desperdício da carga, para aflição do motorista e engarrafamento do trânsito.

Nada mais belo do que o crepitar das lenhas secas na morna temperatura de uma fogueira de São João. Alegram-se os corações inocentes, ao som das violas e das sanfonas, enquanto pelos céus as estrelas distantes se confundem com os balões e suas lanternas. É ponto de referência para a euforia da comunidade nas noites sertanejas das populações do interior.

Contudo, se o fogo não se satisfaz ao dever de fixar-se apenas nas toras da fogueira, se tenta alastrar-se pelo capinzal do cerrado que se esparrama em derredor — nada mais aterrador do que o incêndio, que se propaga ao sabor do vento para destruição dos milharais e casinholas dos modestos lavradores.

Obedientes ao dever — o rio segue dentro de seu leito. O automóvel segue sua pista. O fogo consome sua madeira apropriada. E há fartura nas plantações... Há correto movimento nas estradas... Há contentamento nas festas juninas...

Todos nós temos um dever a cumprir em cada dia de nossa existência terrena. Um dever para com o patrão ou para com o empregado. Para com o chefe ou para com o subalterno. Para com o filho ou para com o pai. Um dever até para conosco mesmo.

Sujeitemo-nos a ele. Cumpramo-lo. Observamo-lo para o nosso próprio benefício. Não haverá o transbordamento das águas das lágrimas do arrependimento. Nem o desastre dos atritos pessoais. Tampouco o incêndio do remorso posterior...

Talvez possa parecer "bitolamento" ter de cumprir com o dever. Parece, talvez, submissão. No entanto, é apenas obediência da qual resulta a perfeição.

Notemos que a Terra se sujeita ao dever de gravidade e gravita à roda do Sol. Como resultado, temos a perfeita sucessão dos dias e das noites. A nuvem se sujeita ao dever de converter-se em chuvas. Como conseqüência, temos a perfeita renovação das águas das fontes mananciais.

Se você se sujeita ao cumprimento do dever que lhe cabe, como fruto deste zelo espontâneo e desafetado — você estará construindo (além da manutenção do equilíbrio, da ordem e do progresso comuns) — a sua própria ventura em termos de consciência tranqüila. E poderá dizer, ao cabo de cada dia: Graças a Deus, hoje eu aproveitei bem as minhas horas fazendo o que me cabia fazer. Não malbaratei o talento do tempo. Quer dizer, tenho a consciência do dever bem cumprido.

E a consciência do dever bem cumprido, embora não pareça, é um tesouro de raríssimo valor.

9 — O SUICÍDIO NÃO RESOLVE NADA

Os jornais anunciam a dolorosa notícia de que mais de mil criaturas por dia, em todo o mundo, praticaram o crime do suicídio.

Sem dúvida, trata-se de uma trágica estatística.

Criaturas atravessando as densas sombras da morte através de uma violência contra o próprio organismo físico. E tudo isso fruto do total desconhecimento das leis de Deus! Só mesmo uma criatura que ignore inteiramente a justa e misericordiosa mecânica do Universo é que poderá atirar-se ao negro mar da autodestruição, a falaz ilusão de que aniquilando o corpo somático aniquilada estaria também a causa maior de seus sofrimentos.

Não, amigos, por Deus, não é bem assim que resolveremos os nossos problemas angustiantes. O suicídio nunca os resolverá. Muito ao contrário, apenas os complica mais e mais sob todos os pontos de vista. Não reside no corpo a razão de nossos infortúnios. Até mesmo nos amargos casos de moléstias incuráveis, não está na carne a raiz de nossas desventuras. Por isso, lesado mortalmente o corpo, persistirá por mais tempo ainda a nossa angústia, o nosso desespero, agravando-se muito a violência da morte premeditada!

Sim, meu amigo e meu irmão, eu sei que há momentos em que tudo parece andar para trás. Nossos mais queridos sonhos se transformam em dolorosos pesadelos. Nossas mais ansiosas esperanças se reduzem a cinzas mortas levadas pelo vento da dor. E sentimos a solidão na velhice, suportamos o aguilhão da enfermidade crônica, encaramos o azedume da desilusão, notamos a nosso lado a presença da revolta, somos envolvidos pelo abraço traiçoeiro do desânimo!

Eu sei disto tudo, meu irmão! Tudo sugere a deserção, a fuga, o desejo de mergulhar no nada e no esquecimento. Eu sei disto tudo muito bem.

Entretanto, a maior surpresa que o suicida tem, do outro lado, é perceber que ainda arrasta as mesmas dores, verte as mesmas lágrimas, ainda está sob o jugo dos mesmos sofrimentos. Quis morrer para esquecer e vê claramente que não morreu, que de nada se esqueceu, que da dor ainda não se libertou. Ao contrário, está sua situação espiritual bem mais agravada com o seu gesto tresloucado

Portanto, se você que me lê, julga que irá ser exceção, pode desde já pensando no que acaba de ler acima. Nossas dificuldades, todas elas, têm um fundo espiritual. Já que não se mata o Espírito, não se pode matar, desta maneira, as referidas dificuldades. Importa volver os olhos para dentro de nós mesmos. Para o nosso íntimo. Para o nosso coração. E com coragem, com desassombro, com humildade e com fé em Deus — reconhecer em nossos refolhos mais ocultos as causas de nosso padecimento. O orgulho, a vaidade, a presunção, a impulsividade, o ódio, a preguiça, o egoísmo, tudo isso que tanto infelicita a família humana — também é a raiz de nossos males interiores.

Após este acurado exame, elevemos nosso pensamento até Deus suplicando-lhe alento necessário para ir levando de vencida a nossa cruz, feita por nós mesmos com o madeiro pesado de nossas imperfeições.

Orando com fervor e sinceridade, estaremos angariando a simpatia e a proteção do Grande Além. Sem demora, estaremos rodeados de amigos invisíveis interessados em nossa vitória nos caminhos difíceis da vida na Terra. Importante desintoxicar a atmosfera emocional inclusive para afastar a perniciosa sugestão de suicídio da parte de entidades sofredoras que nos querem ver derrotados também.

E assim, com persistente vontade de acertar — haveremos de vencer, embora a cair aqui e ali, pois ainda estamos todos cobertos de mazelas morais. Mas haveremos de vencer, haveremos de andar no caminho certo, para a frente e para o alto, expiando com galhardia as faltas por nós cometidas no passado.

Amigos, milhares de criaturas estariam em situações melhores se tivessem este conhecimento espiritista.

Por não terem estas noções, fugiram da vida corporal pela porta falsa do suicídio, o que, ao invés de resolver suas angústias, simplesmente as agravou em mil por cento.

Não embarquemos nessa canoa furada: o suicídio não resolve as angústias de ninguém. E você não seria exceção!

10 — HAVERIA ESTE CÍRCULO VICIOSO?

Conversava com um jovem, dias atrás, sobre a Lei de Causa e Efeito, segundo a qual a cada um é dado de acordo com suas obras. Ele me veio, então, com a seguinte ordem de idéias:

— Sim, concordo com vocês, espíritas. Aqui se faz, aqui se paga! Quem com ferro fere, com ferro será ferido. Se fulano, por exemplo, numa encarnação faz algum malefício a beltrano, na outra existência deverá sofrer do mesmo modo como fez o semelhante sofrer. É nisto que se fundamenta a Justiça Divina, à qual ninguém consegue furtar-se, da qual ninguém consegue fugir.

— Mas aí, continuava meu amigo, aí as coisas se complicam. Senão, vejamos: Para resgatar uma falta do passado, um Espírito paga sua conta fazendo com que outro espírito forçosamente incorra numa falta, para um acerto de contas no futuro. Fulano será prejudicado porque prejudicou beltrano. Mas sê-lo-á por fuão... Ora, desta maneira, fulano expiou o débito que contraíra ao prejudicar beltrano. Mas em compensação, fuão, que lhe serviu de motivo expiatório, contrai uma conta para ser paga mais tarde. Quer dizer, enquanto um se quita com a Lei de Deus, forçosamente outro dela se vê devedor. Um paga o que deve e o outro se endivida. No fundo, acaba ocorrendo sempre um círculo vicioso, pois não?

Entendi o que meu amigo queria dizer. E tendo entendido, respondi-lhe que não, nem sempre ocorre este círculo vicioso a que ele se referia. Dando-lhe um exemplo tirado à vida real, eu lhe mostrei como pode funcionar a Lei da ação e reação, na Justiça Divina.

Um lindo menino de 10 anos de idade era o mimo da família, filho único até! Uma bela tarde, brincando de morto, estirado ao solo, eis que surge, ninguém sabe de onde, um cão raivoso, mordendo-o na altura do rosto. A família desalentou se. Sua casa passou a ser um verdadeiro desfile de médicos. Vieram socorrer a criança todos os médicos da cidade, até mesmo as maiores sumidades da medicina local. Tudo em vão: não havia como salvar aquela criança. E os pais, desoladíssimos, tiveram de permitir a prática da eutanásia, isto é, tiveram de permitir em que se dessem ao menino um medicamento que o matasse — antes que se intalasse a hidrofobia!

Não pode haver, na Terra, quadro mais aterrador do que este! Pai e mãe permitirem que se dê ao filho idolatrado um veneno justamente para evitar que se instale uma doença tão terrível, que, se se manifestasse, seria cruel o padecimento da vítima!

Ora, num acabrunhamento total (que podemos facilmente imaginar) os referidos pais foram a um centro espírita buscar um consolo, uma palavra de alento, uma frase de esperança, um raio de luz... E lá, através de uma comunicação mediúnica, um Espírito com muito tato, com muito cuidado, depois de consolá-los e reconfortá-los, deu-lhes afinal a razão do tremendo drama que estavam vivendo.

Havia, no passado, uma certa família constituída de pai, mãe e dois filhos. Tratava-se de uma família de muitas posses, de inúmeros bens, daí ocuparem lugar de destaque na sociedade local, com títulos nobiliárquicos (condes, barões...), com muitas terras e um enorme rebanho de ovelhas.

O filho mais velho, de 17 anos, era como que uma alma superior, um Espírito mais evoluído, muito adiantado em relação ao seu tempo. Principalmente entre seus familiares, pois, enquanto estes eram orgulhosos, vaidosos de terem sangue real nas veias, desfrutarem de fama e poder, o rapazelho era de uma simplicidade extrema, pouca importância ligava aos tesouros materiais. Sobretudo, tratava seus escravos com muita distinção, o que não era bem visto pelos pais.

Pois bem, este mesmo jovem de coração bem formado acabou apaixonando-se por uma rapariga que era pastora da família e tinha, assim, sob sua guarda cerca de 100 ovelhas.

Sabendo do namoro, os pais se opuseram ferozmente. Onde é que já se viu uma coisa destas? Um filho nosso, casar-se com uma serva, mísera pastorinha, criatura sem expressão? Não... Nunca... Jamais... Não daremos de modo algum o nosso consentimento.

Foi então que o outro filho do casal, um menino de apenas 10 anos de idade, engendrou um plano diabólico. Fez o pai ciente do seu astucioso ardil; e o pai, tendo prometido apoio, guardou silêncio. E que fizeram? Simplesmente trancafiaram a pastora em um quarto com algumas ovelhas e um cão danado. O cachorro daria conta do recado. E no outro dia a desventurada menina apareceu morta!...

Ninguém suspeitou de nada. Nem havia como suspeitar, pois o próprio autor da idéia sinistra, encarregou-se de espalhar a versão de que a menina, vendo as ovelhas em perigo, tentou salvá-las e acabou sendo atacada pelo cão doente. O pai não ousava denunciá-lo pois, se o fizesse, seria acusado de cúmplice. E além disto, ele queria mesmo livrar-se daquela jovem que pretendia ser sua nora; e com este parentesco ele não poderia concordar.

O filho mais velho, pouco depois, abatido e minado pela tuberculose, veio a morrer, ao passo que o mais moço se viu então herdeiro único de uma enorme riqueza material. O crime, ora o crime... ficou encoberto!

Mas... aqui se faz... aqui se paga! Quem com ferro fere, com ferro será ferido. Aquele mesmo menino de apenas 10 anos que engendrara tão escabrosa maldade, nesta nova vida morreu do mesmo modo, mordido por um cão raivoso sem que, para isto, outra pessoa tivesse de contrair contas diante das Leis de Deus!

Diante deste relato, o meu amigo viu que não é preciso se dê forçosamente aquele círculo vicioso, como ele suspeitava se formasse.

Houve um tempo em que os mares estavam cheios de piratas, que saqueavam embarcações, matando seus tripulantes, roubando suas cargas... Hoje, quando ouvimos dizer que um avião explodiu em pleno ar, incendiou-se quando se preparava para aterrisar, tudo isto em decorrência de falhas mecânicas, quem poderá dizer não teria a

Lei de Deus reunido ali naquela nave exatamente aqueles piratas saqueadores dos mares do passado?

Por outro lado, podemos perfeitamente, mediante a prática do Bem, corrigir nossas faltas do pretérito. Jesus a isto se refere quando diz que o amor cobre multidão de pecados. Quem matou uma pessoa por afogamento, noutra vida poderá perfeitamente pagar seus erros trabalhando como salva-vidas retirando do mar pessoas que se afogam... Quem matou alguém através do fogo, poderá, em outra existência corporal ser um devotado bombeiro e salvar das chamas do incêndio pessoas que são surpreendidas por acidentes tais. E assim por diante.

A Lei de Deus não nos pune só por nos punir. Não. Ela quer com isto despertar a criatura do erro para o acerto, do mal para o bem, das trevas para a luz. Assim, nem sempre para que A se redima de um erro, B deva incorrer numa falta para posterior correção. Isso geraria um círculo vicioso que, graças a Deus, não ocorre...

11 — A GRANDE NECESSIDADE

Bem disse Bezerra de Menezes: "A atualidade exige o Evangelho por luz maior, suscetível de assegurar a paz e a alegria ao espírito imperecível."

É fato sobejamente conhecido ter o Espiritismo tríplice aspecto, ou seja, o científico, o filosófico e o moral ou religioso, sendo que não há supremacia de um sobre os outros, ao contrário, todos os três apresentam igual importância em todos os sentidos, pôis inegavelmente integram o corpo doutrinário da 3.ª Revelação.

Trata-se assim de um ponto pacífico, sobre o qual não há nenhuma dúvida.

Entretanto, em vendo a Humanidade inteira num tremendo alarido, com guerras, revoluções, seqüestros, assaltos, jovens esbanjando a vida e a saúde em tóxicos, crimes, violência, orgulho, egoísmo, vaidade, tirania, etc... — haveremos de concordar com Emmanuel quando ele diz: "No esforço científico e nas perquirições filosóficas, o homem pode gastar tempo indefinido à procura do destino e do ser. No Evangelho, contudo, o coração e o cérebro despertam para o caminho da própria sublimação. Resplandece a luz em todos os seus ângulos divinos, compelindo a criatura a humanizar-se, a angelizar-se e a santificar-se para a União com o Pai Supremo..."

A parte científica da Doutrina Espírita, confirmada dia a dia pelas modernas aquisições da ciência oficial, fornece valiosos subsídios para a melhor interpretação de determinados fatos que agora (e só agora) são considerados dignos de estudo criterioso pela mesma ciência acadêmica.

O conteúdo filosófico do Espiritismo, por sua vez, é como que um sol radiante dissipando as trevas mais profundas em que se debatem dolorosamente os atormentados pensadores da atualidade — além de socorrer as religiões tradicionais, pois apresenta fundamentos da mais alta espiritualidade. O Espiritismo, em verdade, é a resposta para perguntas como estas: Quem sou? De onde venho? Para onde vou? Qual o significado da vida na Terra? Qual a razão da dor e do sofrimento? Solucionando estes problemas existenciais, o Espiritismo nos mostra que a vida não é uma paixão inútil, como ensinava Jean Paul Sartre.

Todavia, sempre que possível, insistamos na urgente necessidade de se estudar, de se entender, mais que isto, de se viver os sublimes ensinamentos de Jesus.

Olavo Bilac, festejado autor de inúmeras peças poéticas de raro valor literário, inclusive a letra do Hino à Bandeira Brasileira, através do lápis de Chico Xavier já registrou estas palavras: "O Evangelho no mundo é o livro da Alegria, revelando em Jesus o Coração da História".

Ora, a História do orbe terrestre na atualidade se mostra conturbada, e esta conturbação gera ondas de tristeza, cria mesmo quadros tristes que chegam a nos deprimir, ferindo os nossos corações. É hora de insistirmos mais e mais no estudo atencioso do Evangelho bem como em sua vivência a cada hora, na vida terrena!

De nada nos adiantará saber em que capítulo de Mateus está a cura de um paralítico, em que versículo de João aparece um anjo à Maria e coisas assim se não procuramos viver o mandamento maior da Lei de Deus que ordena: "Amai-vos uns os outros tanto quanto eu vos amei!" Voltemos, sim, as nossas atenções para as palavras e para os exemplos do sublime Mestre; ele mesmo dizia claramente: "Os meus discípulos serão reconhecidos por muito se amarem..."

Ainda através do médium querido de Uberaba (Chico Xavier), João Bosco, o famoso educador italiano, que amava imensamente suas crianças, a ponto de ser considerado um santo na Igreja Católica já registrou que "o Evangelho não é um livro apenas. É um templo de idéias infinitas — miraculosa escola de almas — estabelecendo a Nova Humanidade"...

Amigo leitor: Finalizo com esta frase síntese de Emmanuel:

"Iniciemos cada dia, nosso trabalho de evangelização em nós mesmos, estendendo depois esta atividade aos que nos cercam".

Claro que não move o espírita o ideal salvacionista, o afã catequista de salvar a Humanidade inteira. Tampouco de arrebanhar para o Espiritismo grandes levas de criaturas. No entanto, é seu dever amar os irmãos em Humanidade. É seu dever procurar ser bom e fazer o Bem. É sua obrigação viver os ensinos de Jesus. Pois em resumo é exatamente esta a nossa grande necessidade...

12 — A MORTE NÃO É O FIM DE TUDO

É exatamente isto que você acaba de ler no título: A morte não é o fim de tudo, não! Ela consiste tão somente em uma mudança de modalidade de vida. O Espírito abandona o corpo mas isto não quer dizer venha a morrer, venha tudo acabar com o fenômeno da morte.

No Evangelho segundo João (Cap. 5 v. 51) encontramos este ensinamento de Jesus que iremos comentar a seguir. Dizia Jesus: "Em verdade em verdade eu vos digo que, se alguém guardar as minhas palavras não verá a morte porque viverá eternamente".

A única coisa certa na vida, num mundo incerto como o nosso, é de que um dia haveremos de morrer. Uns ainda cedo, outros mais tarde, muitos após um certo período de sofrimento, outros em questão de segundos, em acidentes, em desastres ou mesmo vítimas de algum mal súbito — todos lá um belo dia deixaremos este corpo somático e, atravessando os portais da morte, voltaremos à pátria de origem, regressaremos ao mundo espiritual.

Muita gente se apavora só em pensar nisto. Tão agarrada está ao mundo que se amedronta só em ouvir alguém falar na morte. Para serenar um pouco tais espíritos infantis, as religiões tradicionais prometem então um céu tranqüilo com anjos e arcanjos, com querubins e serafins para tantos quantos aceitam de bom grado os seus postulados dogmáticos, reservando, em contrapartida, um inferno dos mais ardentes para os que não lhes seguem as pregações!

O Espiritismo também nos anuncia uma vida futura

além do túmulo, no entanto, em moldes um tanto semelhante à vida que se leva na Terra, quer dizer, uma espécie de prolongamento da existência terrena. Tornando-me mais claro, não haveria do outro lado, um céu sereno para meia dúzia de eleitos do Senhor nem tampouco um inferno atormentado para todo o resto da Humanidade — que isto, de modo algum, seria justiça nem bondade; e Deus é Justo e Bom!

Do outro lado a vida prossegue, a vida continua. A vida não tem solução de continuidade, Deus não nos criou para nos matar. Nem para nos ver churrascos humanos no inferno para todo o sempre, amém...

Do outro lado os justos, os honestos, os corretos, os humildes e os puros de coração — serão recompensados de suas lutas, de suas canseiras, quer reencontrando o afeto dos já desencarnados anteriormente, os amigos, os familiares desta ou de vidas precedentes, quer encontrando outros meios, outros recursos, outros ambientes melhores para prosseguirem, tranqüilos, sua marcha ascensional para o Criador! Já os iníquos, os perversos, os devassos, os sensuais, os maledicentes, os prepotentes, os que se comprazem na maldade nem se apiadam do alheio sofrimento, ao contrário, semeam a dor, o pranto, e a desilusão, estes ignorantes das Leis de Deus, por todos os aspectos dignos de nossas preces e do adequado esclarecimento espiritual, além das sombras da morte, trazendo as consciências, duramente atormentadas pelo remorso de suas ações infelizes, sofrendo os efeitos de seus erros, eles simplesmente preparam novas encarnações dolorosas, quando, então, poderão expiar suas faltas, na carne, na Terra ou em mundos inferiores, obtendo, desta maneira, oportunidades de marchar para a frente e para o alto, uma vez ressarcido o débito contraído diante da Justiça Divina.

Não se trata de mera teorização religiosa nem de especulação balofa da filosofia espírita, não! Através da mediunidade gloriosa, voltada para o Bem da Humanidade, são os próprios Espíritos desencarnados que voltam até nós para relatar o que vivem, o que encontram e o que sentem no mundo maior. Toda uma enorme biblioteca possui o espírita (ou quem quer que deseje instruir-se espiritualmente) a respeito do que acabamos de expor na demonstração cabal de que a morte não é o fim de tudo. A partir da concordância destes relatos mediúnicos é que Allan Kardec pôde extrair os fundamentos da filosofia espiritualista do Espiritismo.

Em síntese, aquele que procurar seguir as Leis do Amor, leis estas contidas nos ensinamentos do Cristo, não teme a morte por saber que ela não é o mergulho no país do nada. Somos Espíritos imortais de passagem muito ligeira à face da Terra, na qualidade de cidadãos do Universo, de filhos de Deus, em marcha de sua própria perfeição. Neste sentido é que disse Jesus: Em verdade em verdade eu vos digo que se alguém guardar as minhas palavras, não verá a morte porque viverá eternamente (João 5:51).

13 — AS CRIANÇAS NO PLANO ESPIRITUAL

Já diziam os romanos que a Natureza não dá saltos. Também o sábio químico francês Lavoisier afirmava que nada se cria nem se perde, porque tudo se transforma. Pois bem, a vida que se inicia para o Espírito, além da morte, nada mais é do que um desdobramento natural, uma progressiva continuação da existência terrena, naturalmente num plano um tanto diferente, mas não profundamente diverso, menos material, menos denso do que essa vivência que se leva aqui sobre a crosta terrestre.

E isso que aprendemos lendo os relatos de Swedenborg, de Vale Owen, de André Luiz, do Irmão Jacob e outros.

Emmanuel Swedenborg, engenheiro, físico, astrônomo sueco, notável médium vidente, dizia que no mundo dos Espíritos ele viu casas onde viviam famílias, viu templos onde praticavam cultos, viu auditórios onde se reuniam para fins sociais, palácios onde deviam morar os chefes. Ainda segundo a informação de Swedenborg, todas as crianças, batizadas ou não, eram igualmente recebidas e jovens serviam de mães até que chegassem suas mães verdadeiras que ainda estavam no corpo material.

Em seu livro Voltei, por exemplo, no capítulo XI, o Irmão Jacob (Fred Fígner) narra que foi conduzido pela filha Marta até uma Instituição da Espiritualidade onde tais Espíritos eram recebidos além da sepultura. Diz Jacob que Marta lhe esclareceu que a instituição asilava desencarnados na faixa etária de 7 a 12 anos de idade, e porque ele indagasse pelas crianças menores, Marta lhe explicou que, quando não se trata de entidades excepcionalmente evoluídas, inacessíveis pois ao choque biológico da desencarnação, há de igual maneira lugares adequados onde o tempo e o repouso lhes favorecem o despertar a fim de que não sobrevenham abalos nocivos!

Sua maior surpresa foi a de conhecer uma assembléia de meninos-orientadores. São meninos e meninas de um passado mais respeitável (já que vivemos inúmeras vidas anteriores a esta que vivemos hoje, na Terra). E que, por isso, são Espíritos mais acessíveis aos ensinamentos evangélicos da instituição. Enquanto ali permaneciam, desempenhavam valiosas funções entre as duas esferas da vida, servindo em grupos de socorro a adultos e crianças desencarnadas. Como o Irmão Jacob chegou a definir, são como que escoteiros do heroísmo espiritual!

Ó mães que chorais a morte de um filho muito amado! Bem sei ser lancinante a dor que vos visita o coração cheio de amor e ternura! Todavia, eis aí uma linda mensagem de esperança. A morte nada destrói — nem mesmo o corpo material se destrói, apenas se desagrega e vai transformar-se em novas substâncias no seio da oficina maior da própria Natureza. Quanto ao Espírito, que é a parte essencial de todos nós, ele volta à pátria de origem, ao mundo espiritual onde, como foi lido, encontra ambientes apropriados para sua eterna evolução moral.

Não vos esqueçais do que diz esta pequena trova:

Ah! Se terminasse a vida
no fundo da sepultura,
não valia ser vivida
nem buscar vivê-la pura!

14 — QUANDO AS APARÊNCIAS ENGANAM

Muita gente pensa que o dinheiro traz felicidade.

Ser rico seria o mesmo que ser feliz. Todo rico é feliz, supõem muitos irmãos nossos em Humanidade.

Nada mais falso, porém. Há ricos profundamente infelizes. E há criaturas que se sentem felizes e não são ricas no sentido de terem dinheiro, posses, haveres, bens, tesouros materiais! Logo...

Evidentemente, o dinheiro é a mola do mundo. Precisamos dele para atender a inúmeras das nossas necessidades. Assim, devemos lutar por obtê-lo honestamente para atender, inclusive a reclamos vitais de nosso corpo... Mas isto não quer dizer traga ele felicidade para os seus detentores em maiores quantidades. Não fora assim e não haveria casos de suicídios nas classes ricas, os ricos não tomariam tranqüilizantes, não estariam às voltas com problemas existenciais, não estariam fazendo tratamento psiquiátrico nos consultórios dos analistas e outras coisas assim... como é tão fácil de se comprovar.

Ele pode trazer facilidade mas não felicidade!

Felicidade é o estado de Espírito que nada tem a ver com bens materiais. Destarte, supor o dinheiro como fonte de felicidade é julgar pelas aparências e as aparências, cá prá nós, como nos enganam!

Muito a propósito, eu me lembro de que certa tarde de domingo, residindo eu, ainda criança, com meus pais em Nova Iguaçu (Estado do Rio de Janeiro), às margens da rodovia Rio-São Paulo, minha irmã me chamou para dizer:

— Ah! Como eu queria ser rica! Haveria de ser tão bom! Olha só lá na estrada aquele carro parado.

Olhei. Estava, de fato, parado ao acostamento, um luxuoso carro de passeio da última moda, com uma família dentro. Logo vi que se tratava de uma família muito rica. O carro sofrera algum enguiço e um mecânico estava tentando fazê-lo funcionar para a família prosseguir viagem. E a minha irmã, ela também criança, quase três anos mais moça que eu, prosseguia, dizendo:

— Pois é. Eu queria ser aquela menina que está lá dentro daquele carro. Olha só como está tão bem vestida!... Ah! se eu fosse aquela menina — eu seria feliz! Numa hora desta a viajar daqui para São Paulo, a conhecer outras cidades, outras pessoas, decerto em hotéis de luxo, passeando em pracinhas floridas, banhando-se em praias distantes... Ah! quem me dera se eu fosse aquela menina rica! Como seria feliz!

Esclareço que, embora vindo de família pobre, nem eu nem a mana jamais passamos privações. Sempre tivemos o pão de cada dia. O livro escolar. A roupinha limpa e tudo o mais. Vida de pobre, sim, porém honesta, tranqüila, alegre mesmo. Não sei, por isso, explicar como é que a minha irmã saiu com aquela conversa, com aquela tácita confissão de inveja da menina que estava sentada no carro enguiçado na estrada para São Paulo.

Eis que resolvemos então aproximar-nos um pouco mais do veículo para observar melhor a família. E mal se aproximou do carro, minha irmã correu para mim, quase chorando. Arrastando-me para longe daí disse pesarosa.

— Não queria ser aquela menina mais não!

— Mas por quê? — perguntei, curioso... Uma meiga criança daquela, vestida direitinho, ao lado dos pais, passeando numa tarde de domingo... Você não estava agorinha mesmo se mordendo de inveja dela e agora não quer ser mais aquela menina? E, para fazer chacota, acrescentei:

— É difícil a gente entender as mulheres... Nunca se sabe o que é que elas querem!

— Será que você não viu, não! — exclamou. Ela não tem as pernas! E prosseguiu: Eu quero ser eu mesma, pobre, sem carro, sem passear, sem sair daqui para lugar algum. Mas quero ter as minhas pernas.

E se pôs a chorar convulsamente com pena da pobre menina rica!

É isto, amigos.

Todos trazemos no fundo d'alma uma dor secreta; todos carregamos a nossa cruz. Uns sofrem mais, outros, menos. Mas todos engolem gota a gota a sua taça de fel. Os ricos não seriam exceção a esta regra geral. Aquela menina estava, de fato, com as melhores roupas, ao lado dos pais em luxuoso carro dentro do qual poderia percorrer todo o Brasil, conhecer outras cidades, etc... etc... Desfrutava aquela menina de invejável situação financeira despertando despeito até no coração de outras meninas, como no caso de minha irmã. Mas o dinheiro não lhe trouxera felicidade: ela não tinha pernas! Não poderia correr pelos campos atrás de uma borboleta, se quisesse. Não poderia passear por um jardim catando flores, se desejasse. Não haveria de ser feliz. Seus pais, segundo creio, também não o eram vendo a filhinha em tão triste situação.

Mas em verdade, naquela tarde de domingo, a escola da vida ensinava-nos, a mim e à minha maninha, duas importantes lições: a primeira de que o dinheiro não é sinônimo de felicidade e a outra de que, por isso mesmo, as aparências, ah! as aparências... ccmo enganam!...

Anos mais tarde, pensando neste fato, escrevi esta trova:

De que vale ter dinheiro,
glória, fama, posição,
se se traz o tempo inteiro
dolorido o coração?

15 — QUANDO O DESÂNIMO VIER

Diversos são os modos pelos quais as forças negativas procuram atingir e derrear de vez todos aqueles que estão à frente de qualquer empreendimento nobre na face da Terra em prol da família humana.

Aqui, reponta a inveja. Ali, surge a calúnia. Acolá, aparece a intriga.

Hoje, a dificuldade financeira. Amanhã, a incompreensão dentro até do próprio lar. E o cortejo vai por aí em fora.

Pelos caminhos do seareiro do ideal cristão despontam as ervas daninhas da maledicência e da zombaria; crescem os espinhos do descrédito e do cansaço, amontoam-se as pedras da doença e da solidão. Todo este acervo de dificuldades constituirá nossa estrada estreita, nosso caminho para o Gólgota, sempre que dispusermos seguir as pegadas de Jesus, e imitar (embora de muito longe ainda) os seus mais nobres exemplos.

Mas o soldado do bom combate saberá como vencer a inveja, a calúnia, a intriga, a maledicência de uns, a zombaria de outros, a solidão de agora, o descrédito de ontem e a canseira de amanhã. Saberá arrancar as ervas daninhas e os espinhos, afastar as pedras e remover os obstáculos no desejo de não arredar pé um milímetro que seja do serviço cristão, no anseio de concretizar o seu mais puro ideal de bondade e de amor.

No entanto, há um expediente de que as forças negativas não poucas vezes se valem, que tem, esta a verdade, vencido intrépidos lutadores; tem dobrado os mais destemidos pioneiros dos mais caros ideais de fraternidade humana. É um inimigo que se instala dentro de nosso coração para agir de maneira mais eficiente, mais imediata, mais aniquiladora; é o inimigo que se chama exatamente — desânimo!

Sim, ele se chama desânimo.

Ele vem de mansinho e nos atira ao leito da descrença dizendo-nos baixinho: — Vamos, pare um pouco... Só um pouco... Você anda tão cansado... Não vê que ninguém o entende? Que ninguém o valoriza? Tudo se volta contra você — por que insistir? Ademais, você é tão imperfeito mesmo, tem tantas limitações... Para que insistir tanto? Vamos, pare um pouco... Só um pouco...

E o trabalhador que foi vencedor de outras batalhas, se não cuidar, acaba resvalando para a inatividade mesmo.

É preciso revestir-se de uma energia moral, de uma intensa força de vontade para vencê-lo em suas insinuações. Só mesmo uma firme convicção cristã, uma desassombrada ânsia de servir o semelhante é que poderão dar nos os legítimos elementos para a derrota do desânimo, caso ele queira instalar-se em nosso coração.

Meu amigo leitor:

Quando este inimigo solerte rondar o seu coração desejando tomá-lo de assalto, com aquela conversa fiada de que tudo está mesmo perdido, que a Humanidade está corrompida, que os homens não valem mais nada, que a reforma moral do mundo não precisa de sua participação porque você é também um pecador e quase nada poderá oferecer na construção de um mundo melhor, enfim, quando o desânimo vier, então, meu irmão querido, lembre-se de que muita gente precisa de você... Muita gente precisa de seu trabalho desinteressado... Muita gente precisa de seu labor cristão...

Lembre-se de que há pranto nos hospitais e nas casas de saúde.

E você poderá enxugá-lo!...

Lembre-se de que há tristeza nas almas e nos corações.

E você poderá alegrá-la!...

Lembre-se de que há necessidades nas famílias carentes.

E você poderá socorrê-las!...

Lembre-se de que há muito sofrimento tanto nos homens como nos Espíritos.

E você poderá leni-lo!...

Há muito bem por ser feito. E você pode fazê-lo!...

Quando o desânimo vier, meu amigo, lembre-se de que há trabalho e mais trabalho abençoado em todos os setores da vida a ser executado em nome do Bem comum. E você poderá realizá-lo, embora seja tão pequena a sua colaboração, tão diminuta a sua participação. Mas tão decisiva e valiosa a sua cooperação para o advento de uma Humanidade um pouco mais feliz.

16 — DA ARTE DE FALAR

Alguns animais, é verdade, conseguem comunicar-se com os seus companheiros. Assim, o cri-cri do grilo atrai a fêmea para o acasalamento. O piar da águia adverte os filhos do perigo. A dança das abelhas indica a posição das flores que contêm o néctar. Substâncias químicas especiais existentes nas formigas, favorecem a sua identificação em sua sociedade. Mas apenas o homem conta com os recursos admiráveis da linguagem articulada para externar seus sentimentos e exprimir seus pensamentos. Através da viva voz, legamos os nossos conhecimentos a terceiros tanto como chamamos a atenção de terceiros para as nossas necessidades e para os nossos anseios. Afortunados somos todos nós que possuímos em bom estado as cordas vocais para o relacionamento social, que é de grande importância para a nossa vitória na vida e nossa felicidade sobre a Terra.

Nem todos, no entanto, sabemos utilizar a palavra articulada para com ela armar nas lutas de cada dia o nosso castelo da alegria de viver!

Aqui, existem os que soltam palavrões quando se vêem diante de um obstáculo qualquer. Ali, encontram-se os que proferem extensa lamúria, entremeada de revolta e de azedume, só porque nem tudo corre na vida como desejariam. Mais além, amontoam-se ainda os que agridem com o punhal da calúnia ou com o ácido corrosivo da zombaria, denegrindo a honra alheia, solapando o entusiasmo dos jovens, destruindo a inocência das crianças, maltratando os melhores sentimentos dos familiares e amigos.

Conta-se que um certo senador romano ordenou, certo dia, fosse o seu cozinheiro a um mercado para comprar a pior coisa que ele lá encontrasse.

O servo foi e trouxe — língua. De boi, naturalmente.

No dia imediato, o senador ordenou-lhe comprar agora a melhor coisa.

E o escravo outra vez trouxe — língua.

Pensando bem, é a língua, ao mesmo tempo, a melhor e a pior coisa que existe no mundo, na estrita dependência do uso que lhe dermos em nosso relacionamento com as pessoas em geral.

Aproveitemos então para o Bem, para a Paz, para a Luz, para o Amor — os vocábulos de nosso linguajar diário.

Uma só palavra pode construir em nosso derredor um verdadeiro inferno ou um autêntico paraíso.

Uma só palavra pode estender, na vida, o manto suave da compreensão ou da harmonia, como pode estender a túnica negra da intolerância e da discórdia.

Uma só palavra de orientação pode indicar ao menino ou ao jovem o caminho do estudo e do trabalho tanto como uma só palavra de desorientação à criança ou ao adolescente pode induzi-los à preguiça, à indolência ou à viciação.

Uma só palavra de alento pode despertar a fé no ânimo dos tristes, pode acordar a esperança no coração dos doentes, tanto como uma só palavra de irritação pode acender o incêndio da raiva, a tempestade da inconformação, o vendaval da descrença.

Uma só palavra de entendimento pode dar ao nosso próprio lar aquele clima de ventura conjugal, tanto como uma só palavra de azedume pode transformá-lo em fração de segundo em terrível antro de discussões e de grosserias dolorosas.

Com a palavra doce — você pode construir!

Com a palavra ríspida — destruir!

Os lábios, já disse Jesus, falam daquilo que está cheio o coração. Se desejamos felicidade, ponhamos mais amor em nossas palavras, mais brandura em nossas conversas, mais fraternidade em nossos diálogos, mais meiguice em nosso verbo. Em verdade, será até melhor encher a boca com uma certa porção de água e mantê-la calada o dia todo do que bater com a língua nos dentes o tempo todo, em forma de queixumes, de maledicência, de intriga contra os aspectos menos felizes de nossos companheiros de romagem terrena. Tanto que, não faltou razão a quem dissera:

"As artes são canais de expressão derivados do verbo. A escultura é a palavra coagulada. A pintura é a palavra contida. A dança é a palavra em movimento. A música é a palavra em harmonia. Mas a palavra em si mesma é a própria vida. Abençoadas serão sempre aquelas suas palavras que você fale situando-se na posição dos ausentes ou no lugar daqueles que lhes ouvem a voz".

17 — O ESPIRITISMO E A ANESTESIA

Palavras de um amigo meu: — Ah! O Espiritismo não dá para ser aceito, não!

— Mas por quê? — quis saber eu. Porque não dá para ser aceito? Por não lhe garantir um céu depois de tomar meia dúzia de passes e ler um ou outro livro mediúnico?

— Não é por isto, não, Celso. É que vocês são um tanto masoquistas. Gostam de sofrer. Não é assim?

— Não é assim como?

— Vocês não vivem dizendo a dor aperfeiçoa, que a dor aprimora, que a dor educa, que a dor eleva, que a dor é uma bênção, que...

Não o deixei terminar a frase, para explicar-lhe mais ou menos assim: — Você está enganado. Não estamos tão interessados assim em sofrer. Tanto que, para extrair um dente, pedimos ao dentista que passe um pouco de xilocaína na gengiva. Não gostamos de sofrer, não! O Espiritismo — e isso é muito diferente! — explica a razão da dor, coisa que nenhuma outra religião ou outra filosofia explica de maneira tão clara.

Afinal, de que vale o desespero? Resolve alguma coisa? Não... O desespero apenas agrava mais qualquer situação em nossa vida. O Espiritismo, ao contrário do que muita gente possa pensar, consola, reconforta, dá um certo alívio ao coração sofredor. Mas nem por isso manda que cruzemos os braços, que nos entreguemos voluptuosamente ao sofrimento, não! Se um espinho nos rasga o pé, urge o retiremos, lavemos imediatamente o ferimento com desinfetante para evitar infecção posterior. E se não agirmos assim, seremos culpados por negligência, correndo por nossa incúria todo mal que dali advier. Quer dizer, a Doutrina Espírita nos incita a movimentar todos os nossos recursos para fazer face às dificuldades naturais da vida terrena, procurando sempre, na medida do possível, a solução para nossos males físicos ou morais.

Agora, há casos que não têm imediata solução. Quer dizer, a solução existe, sim, porém ainda não chegou a hora de tê-la ao alcance de nossas mãos. Um dia, no entanto, ela será encontrada; e então o nosso sofrimento terá chegado ao seu fim.

Enquanto isso não se dá, de que adianta o desalento, o desânimo, a revolta? De nada, não é mesmo? Pois é justamente aí que o Espiritismo aparece e mostra como a dor nos ensina a ter paciência e fé em Deus. É aí que o Espiritismo surge e demonstra como a dor educa os nossos sentimentos, nos tolhe os impulsos primitivistas, que apenas agravam a situação já dolorosa em que nos encontramos...

A dor é bênção no sentido de nos fazer mais humildes, menos orgulhosos, mais irmãos da Humanidade, mais filhos de Deus.

Não fora ela e nunca nos curvaríamos diante das Leis de Deus. Jamais pensaríamos nos males que praticamos contra o semelhante com aquelas ações que não se inspiram nos exemplos de Jesus. A dor é a alavanca que, irmã gêmea do trabalho, nos arranca de nossas trevas do comodismo ou da indiferença para as suaves claridades do crescimento moral.

Neste sentido, já escreveu o Espírito Ormando Candelária pelo médium Chico Xavier:

Suporta as mágoas do mundo,
Não te lastimes em vão!...
O céu refulge mais lindo
Nas horas da escuridão!...

18 — CRIMES PASSIONAIS

Há aqui, na cidade do Rio de Janeiro, onde nasci e vivo, uma certa modalidade de jornais diários, aliás muito vendidos em suas edições matutinas, que anunciam com riqueza de detalhes tenebrosos crimes passionais. Crimes praticados por criaturas, acredito, postas declaradamente fora de seu estado psicológico normal! Criaturas levadas por paixões terríveis como o ciúme, a vingança, a intriga, a inveja, etc.

O resultado é aquele fácil de ser imaginado: de um lado uma criatura arrebatada violentamente à vida orgânica; e do outro, um Espírito endividado, um Espírito contraindo mais uma conta muito pesada, tanto diante das leis dos homens como perante as de Deus.

E tudo isso, meus amigos, pura e simplesmente por falta de esclarecimento espiritual, como aquele que o Espiritismo tem a oportunidade de oferecer a tantos quantos desta fonte de água viva se aproximam para dessedentar-se recebendo a luz que desce até todos nós das palavras e dos exemplos de Cristo.

Com muita razão afiançava Jefferson: "Quando estiveres irado; conta até dez. E quando estiveres muito irado; conta até cem"...

Ora, por não ter contado nem até três é que muita gente, hoje, chora amargamente atrás das grades de uma prisão, amargando no frio insulamento o resultado danoso de seu gesto violento.

Já houve também quem afirmasse até: "Se queres ser feliz por apenas um instante — vinga-te. Mas se queres ser feliz para o resto da vida — perdoa"...

Mostra a Doutrina Espírita que, sem dúvida, os Espíritos podem influir em nosso viver terreno. Esta influência poderá ser perniciosa, altamente nociva mesmo, quando é exercida por um inimigo que perdeu a vida por nossas mãos. Na condição de invisível, poderá ficar hostilizando-nos na forma insidiosa de uma terrível obsessão. Quanta gente é considerada louca, maluca, psicótica, sem obter alívio para seus males através do tratamento médico-psiquiátrico convencional justamente porque sofre o assédio de inimigos do passado, em decorrência da eclosão de crimes passionais! Daí dizer Jesus: Reconcilia-te com teu adversário!...

São estas noções que nos cumpre levar ao conhecimento de todos, para que não haja a explosão de tantas ações criminosas neste clímax negro de violência, infelicitando tanto a família humana.

Violência só pode gerar violência! Jamais duvidemos disto!

Só o Amor, na forma de perdão, de esquecimento das ofensas recebidas, de vivência dos postulados evangélicos de Jesus poderá resolver estes atritos que se dão no seio da comunidade humana, sem que haja desfechos tão fatais como anunciam os órgãos da chamada grande imprensa em grandes concentrações urbanas como é o caso típico da minha cidade do Rio de Janeiro!

Finalizemos com uma quadrinha onde eu digo:

Busca não trazer nenhuma
ira contra quem te odeia!
— O sândalo não perfuma
o machado que o golpeia?

19 — A LEI DO TRABALHO

Ao longo da História da Humanidade, o trabalho manual e mercantil foi desprezado, considerado como atividade indigna de um homem livre. Por exemplo, na Grécia antiga, os atenienses deixavam a cargo dos escravos e dos metecos o desempenho de tarefas comerciais e metalúrgicas (entendendo-se por metecos os gregos não-atenienses que, por uma razão ou por outra, viviam em Atenas, não gozando, no entanto, das prerrogativas de cidadãos atenienses).

Platão e Aristóteles, de certa maneira, consideravam a elaboração de um objeto qualquer, até mesmo de uma obra de arte, como sendo uma ocupação de segunda categoria. Em primeiro plano o homem deveria ocupar-se dos negócios políticos e das discussões filosóficas em geral.

Nos trechos bíblicos atribuídos à figura de Moisés, vamos encontrar aquela condenação do Senhor, quando pilhou Adão e Eva em desobediência, mastigando uma deliciosa maçã nos jardins do paraíso. A mulher daria à luz seus filhos em meio às terríveis dores do parto. E o homem ganharia o pão de cada dia com o suor do próprio rosto. Se bem que muita gente andou por aí acumulando riquezas com o suor do rosto alheio, o caso é que aí está uma prova de que os textos bíblicos nesta alegoria de Adão e Eva já condenavam o trabalho.

Aliás, a Igreja Católica em plena Idade Medieval olhava as atividades que se relacionavam com o dinheiro (o vil metal!) com desprezo, cabendo aos judeus (condenados por terem crucificado a Jesus) a tarefa de geri-las, como se acentuou nas ligas comerciais da época até os dias atuais.

Ora, Jesus há vinte séculos iniciou radical mudança de conceitos acerca do trabalho, quando, ao curar um doente crônico num dia de sábado, sendo criticado por violar o dia do descanso, na opinião vigente, declarou textualmente: — O Pai que está nos céus não deixa de trabalhar um só momento... Era a sanção redentora do trabalho, pois, se Deus todo poderoso, o criador de tudo, o pai de todos nós, age continuamente, então o trabalho não poderá ser encarado como atividade desonrosa para ninguém.

Em O Livro dos Espíritos, obra básica do Espiritismo, constituída de perguntas de Kardec e respostas dadas pelos Espíritos Superiores, encontramos estas explicações judiciosas:

"Tudo trabalha na Natureza. Os animais trabalham mas o seu trabalho, como a sua inteligência, é limitado aos cuidados da conservação. Eis porque, entre eles, trabalho não conduz ao progresso, enquanto entre os homens, o trabalho tem duplo objetivo: a conservação do corpo e o desenvolvimento do pensamento" (Cf. Obra Citada n.° 677).

Em o número anterior (676) o mesmo livro nos esclarece como o trabalho é uma conseqüência da natureza corpórea do homem na Terra: "Sem o trabalho, diz o livro em tela, o homem permaneceria na infância intelectual; eis porque ao trabalho, o homem deve o seu alimento, a sua segurança, o seu bem-estar".

Amigos, modernamente as máquinas e, sobretudo, a automação (isto é, os computadores) vão reduzindo enormemente a ação braçal do homem. Com isso se lhe sobram muitas horas ociosas para o lazer, e sobremaneira para o estudo. Ora, este estudo importa em trabalho na forma de crescimento espiritual.

Ociosidade total seria o mais terrível suplício. O Espírito André Luiz, que já escreveu pelo lápis de Chico Xavier inúmeros livros doutrinários, relata como no plano espiritual entidades superiores trabalham infatigavelmente em benefício de toda a Humanidade encarnada e desencarnada. Assim, baseando-nos neste exemplo de labor constante, dado pelo mundo espiritual, trabalhemos também.

Trabalhemos na vida cotidiana a fim de obter o pão de cada dia com o exercício de nossas tarefas profissionais.

Trabalhemos no estudo edificante, ampliando os nossos conhecimentos e melhorando os nossos sentimentos.

Trabalhemos em favor dos que não podem mais trabalhar.

Isto é contribuir para a melhoria do mundo. É esquecer as nossas próprias amarguras. É avançar para a frente e para o alto no infinito do amor de Deus.

20 — CARTA A UM DOENTE

Emmanuel, o orientador espiritual do médium mineiro Chico Xavier, forneceu-nos um livrinho de bolso muito consolador, de título DEUS SEMPRE. Pois bem, deste opúsculo tão reconfortante vou extrair uma lição onde aparece esta exortação para todos nós:

Tempo de provação
Recorda sombra espessa.
Entretanto, não temas.
Pensa em Deus e confia.
Trovões ameaçadores
Podem rugir à noite.
Forças da tempestade
Atritarão nos céus.
Mas Deus vela e te guarda,
Descansa na oração.
O fim de cada noite
É sempre o amanhecer!

Caro leitor que por acaso esteja doente: Não perca nunca a fé em Deus. Deposite nele toda a sua esperança, toda a sua confiança em dias melhores. O Senhor jamais o deixou desamparado. Ele está sempre a seu lado, dando-lhe o melhor para o seu próprio bem. Através do seu médico — Deus está presente, curando o seu espírito, curando a sua alma. Portanto, nada de exasperação nem de desespero! Paulo de Tarso, em sua Epístola aos Efésios, capítulo III versículo 20 afirmava ser Deus poderoso para fazer infinitamente mais do que tudo quanto pedimos, ou pensamos, conforme o seu poder que opera em nós.

Não sei se você sabia que a energia emitida por uma pessoa em oração já foi medida por um sensível aparelho elétrico pelo cientista Dr. J. Stowell; e revelou-se superior à emitida por uma das mais poderosas emissoras de rádio dos Estados Unidos.

Harold Shermann, parapsicólogo norte-americano, notável autor dos livros Wonder Healers of the Philipines (Maravilhosos Médicos das Filipinas) e How to Make ESP-Work for Us (Como Fazer a Percepção Extra-Sensorial Trabalhar para Nós) — relata que, certa ocasião, estava em um hospital com um dedo gangrenado em tão dolorosa situação que um simples roçar de vento o incomodava terrivelmente. O médico que o atendia delicadamente veio dizer-lhe que, se dentro das próximas 24 horas a inchação não cedesse, teria de ser amputado aquele pé.

Shermann então declarou ao médico:

— O Senhor sabe que eu me dedico a estudar a mente e suas faculdades. Sei que se eu puder concentrar-me em meu pé e imaginá-lo como estava antes de ficar doente, então poderia curar-me. Há dias que venho fazendo isto. Mas a dor me impede de melhor concentração. Acho que necessito de uma ajuda exterior. Poderia então o senhor, quando chegar em casa, lá pelas 10 horas da noite, pensar durante uns 15 minutos no processo natural que necessita o meu pé para curar-se?

E Shermann insistiu:

— Eu lhe suplico isto, doutor. Mas não vai dizer-me SIM agora, só para me agradar; e não fazer o que lhe peço depois...

Uma enfermeira que ouviu este diálogo angustioso prometeu também concentrar mentalmente às mesmas horas. O doente declara ter feito um grande esforço na hora marcada, imaginando "ver" o pé sadio. Fracassou duas vezes, porém, na terceira tentativa conseguiu seu intento e, devido ao esforço mental que desprendeu, acabou dormindo.

Qual não foi sua gratíssima surpresa, na manhã seguinte, ao despertar, observar que os sintomas da gangrena haviam desaparecido e o pé estava em franca recuperação.

Todos nós conhecemos o presidente norte-americano Eisenhower, que fora antes, na II Guerra Mundial, o General-Comandante das Forças Aliadas na Europa. Pois bem, em criança, Eisenhower feriu também a perna e a ferida gangrenou. O médico que o consultou não pensou duas vezes em recomendar a cirurgia. Porém a operação não foi feita porque o menino fugiu de casa, curando-se graças às preces que a família passou, depois a fazer, ao pé de seu leito, por recomendação do avô que era, por sinal, pastor evangélico.

Dr. Alexis Carrel, autor do famoso livro L'Homme, Cet Inconnu (O Homem, Esse Desconhecido), detentor inclusive de um Prêmio Nobel, chegou a garantir textualmente estas palavras:

"A prece é a mais poderosa forma de energia que podemos gerar. É uma força real como a da gravidade terrestre. Como médico, vi homens, depois que todas as terapias haviam fracassado, libertarem-se pelo esforço sereno da prece, da doença, da melancolia, do sofrimento. A prece é uma fonte luminosa, autogeradora de energia. Através dela, a criatura humana pode aumentar a sua limitada energia, dirigindo-se à origem infinita de toda Energia. Quando oramos ligamo-nos ao inexaurível poder que faz girar o Universo".

Portanto, caro leitor que talvez esteja doente, nada de esmorecimento. Nada de desânimo. Mantenha acesa a chama de sua fé em Deus. Lembremo-nos de que Jesus, nosso amigo invisível de todas as horas, está a lhe dizer sempre: Tudo aquilo que pedirdes na prece, crede que havereis de receber e assim vos será concedido.

Victor Hugo costumava dizer que certos pensamentos são orações; há momentos em que, qualquer que seja a posição do corpo, a alma pode estar de joelhos. Rezar, afirmava o grande romancista francês, é colocar-se em contacto o infinito debaixo com o infinito de cima, através do pensamento.

Com efeito, a fé, brotada do fundo de nosso coração, consegue remover as dificuldades da vida; ou, pelo menos, dar-nos-á forças para que possamos suportar as mesmas dificuldades que ali estão para o nosso burilamento íntimo e para o nosso progresso moral.

Que as bênçãos de Deus encham de paz e tranqüilidade os nossos corações, hoje e sempre!

21 — A EDUCAÇÃO DOS FILHOS

Sempre gostei de ler Coelho Neto, embora para entender suas obras, muita vez precisei ter ao lado um bom dicionário, para saber ao certo o significado de umas tantas palavras, por mim desconhecidas até então.

Pois bem, lendo o fecundo beletrista maranhense, eis que encontro em Jardim das Oliveiras esta frase admirável:

Um pai — ainda o mais pobre — tem sempre uma riqueza para deixar ao filho: o exemplo!

Muita gente pensa que, para educar um filho, basta garantir-lhe a sustentação física. Para tanto, seria suficiente o pão de cada dia. Quer dizer, o feijão e o arroz, o remédio e o sapato, a casa e o capote. Claro que este aspecto da educação é importante pois, afinal, o filho tem um corpo de carne e osso que a tudo isso tem direito para garantia de sua sustentação orgânica.

Outros acrescentam a essas providências, o dinheiro para os bailes, para as festas, para o carro... Dão-lhes bons professores, bons colégios, bons cursos. Evidentemente — este segundo aspecto educativo também é importante, é o componente social da personalidade humana do filho e não pode, não deve ser descurado.

Mas ainda assim — não é tudo, não!

Educar é uma ciência, é uma arte e é uma técnica. Por aí já se vê que não é tão fácil de ser exercida com proficiência. Nem há regras fixas, normas predeterminadas em sua execução. O bom-senso é que dirá da conveniência (ou não) de certas medidas, em determinadas ocasiões, para esta ou para aquela pessoa. E é assim que, o método que dá certo para A talvez não dê para outra pessoa B, tão diferentes são as criaturas entre si. Até mesmo dois irmãos que vivam juntos, a receber o mesmo gênero de educação, são bem diferentes um do outro.

Muito a propósito, vou incluir neste livro uma crônica que elaborei recentemente onde analiso a questão da educação dos filhos: Ei-la:

No meu tempo de ginasiano, tive um professor de Português (Cial Brito) que marcou muito a minha adolescência. Hoje está ele no mundo espiritual. Pois bem, a ele devo o gosto de ler e de escrever. Admirável criatura o Professor Cial Brito! Interessante é que, anos depois, eu mesmo vim a ser professor de Português de uma de suas filhas, a Angela Brito, tão distinta quanto o pai!

Na última aula que nos deu no 4.° ano ginasial (e ele nos acompanhara a turma desde a 1.ª série, entre 1954 e 1957), manifestou esperança quanto ao progresso da classe. Alegou que, tendo encontrado em seus pertences uma velha redação de seus dias de aluno, nela achou erros crassos que nós, seus alunos agora, não mais cometíamos. E assim como ele se emendou de seus erros e conseguiu fazer-se profundo conhecedor do vernáculo (e de fato, Cial Brito era exímio cronista e pertenceu a uma arcádia de letras), com muito maior razão os seus discípulos poderiam progredir com maior desenvoltura até!

Quanta humildade da parte do velho mestre!

E que estímulo carinhoso em suas palavras!

Ele não nos foi, convém repetir, apenas um professor; foi um verdadeiro educador!

Pois bem, daquela turma de irrequietos adolescentes alguns se fizeram oficiais das Forças Armadas; outros são, hoje, professores; outros ainda chegaram a ser médicos. Um deles, talvez o mais pobre da turma, é atualmente engenheiro da Petrobrás, tendo já feito diversos cursos de especialização em petroquímica nos Estados Unidos!

Professor Cial não errou, pois, em sua profecia!

Mas o que quero lembrar aqui é justamente o fato de

ele recordar-se de sua mocidade e de lá trazer uma mensagem de esperança para todos nós, rapazes e moças em plena crise da puberdade, como se diz em Psicologia e Biologia da Educação. Geralmente os pais esquecem que foram um dia, crianças; que já foram outrora, jovens... E passam a cobrar nos filhos um comportamento que eles mesmos, cá prá nós, que ninguém nos ouça, não tiveram.

É óbvio que nenhum pai ou mãe alguma vão querer que seus filhos errem como eles erraram. É por isso que, em nome da experiência, desejam o melhor para os descendentes. Evidente que isto é prova de amor. Ocorre, que, às vezes, este amor redunda num excesso de zelo e passam a exigir do rapaz, da moça ou mesmo da criança, uma conduta que é própria de um ser adulto e não poderá ser, evidentemente, de um ser ainda imaturo. Exigem dos filhos um comportamento que eles mesmos, pais, não tiveram, porque, tal como ocorre hoje em relação aos filhos, naquele tempo o pai ou a mãe ainda não tinham amadurecimento para este tipo de conduta ou de comportamento.

Conheço um senhor, pai de família, que não entende como pode um jovem divertir-se com o futebol. Acha ele ser isto simples perda de tempo. Mas esquece que, quando rapazola, ele não perdia uma partida do seu time favorito, acompanhando com interesse o desenrolar do campeonato carioca de futebol. Portanto. . .

É preciso dar tempo ao tempo! Impossível ao vegetal produzir frutos antes de cobrir-se de flores. A criança não é um adulto em miniatura. Não. É um ser com características próprias que devem ser respeitadas e entendidas, embora seja do nosso dever ir desde então cortando os ramos adventícios das más inclinações para que a árvore produza, na estação própria, os frutos saborosos do equilíbrio e da razão!

Todavia, não perder de vista que também tivemos uma infância, vivemos nossa mocidade, durante as quais tivemos nossas limitações, que só foram superadas a pouco e pouco com o decorrer dos anos e a chegada da idade adulta.

Voltando então à frase de Coelho Neto, reconheçamos que educar pede energia, naturalmente bem dosada. Exige bondade sem extremos. Você pode dar carinho a um filho sem mimá-lo, sem cobri-lo de dengos... Educar requer tempo sem afoitamentos. Sem dúvida, antes de educar alguém, precisamos educarmo-nos a nós mesmos. A leitura das obras espíritas pode contribuir para o esclarecimento dos pais em sua tarefa educativa, sobretudo no mundo atual.

Educar não é azucrinar os ouvidos dos filhos com sermões homéricos, que só servem para irritar a paciência deles. De pregadores e moralistas o mundo está abarrotado; nem por isso a Humanidade teria uma conduta mais equilibrada. O de que todos necessitamos é a presença atuante de exemplificadores, de ações nobres, de atos dignos, de atitudes superiores. Educar é dar a lição do exemplo, do bom exemplo, do exemplo digno de ser imitado, como ressaltou o escritor patrício. É a maior herança que o pai, mesmo pobre, pode legar aos filhos!

De que vale a um pai relacionar aos filhos os reconhecidos efeitos patogênicos do álcool ou do fumo, se ele mesmo não deixa o vício de beber ou de fumar? De que vale à mãe enaltecer as vantagens da palavra sensata à filha adolescente, se ela própria ainda não conseguiu dobrar a língua quando isso se impõe?

Os filhos observam os pais muito mais do que eles possam supor. E a imitação funciona de um modo tão acurado que até parece refletir-se num espelho a conduta dos pais no comportamento filial. Filhos egoístas o são porque vêem os pais cultivando o egoísmo. Filhos orgulhosos espelhando-se no orgulho dos ascendentes. E, de igual modo, filhos generosos em decorrência da generosidade dos genitores. Filhos evangelizados em resultado direto da vida evangelizada que se leva naquele lar.

Dirá você: — Mas há exceções!

E eu respondo: — Sim, há exceções, sim! Nem poderia ser doutra maneira pois cada pessoa é uma pessoa! Sei da existência de pais dignos com filhos irresponsáveis! E vice-versa também: filhos honestos descendentes de pais inescrupulosos! Todavia, isso é a exceção; como regra geral se impõe, ainda, a força maior, na educação, daquilo que se chama — EXEMPLO!

Encerremos com outra frase, agora do filósofo e matemático da Grécia Antiga que foi Pitágoras: Eduquem-se os meninos e não será preciso castigar os homens...

22 — SEXO E EQUILÍBRIO

Houve um tempo na História da Humanidade, por sinal um período de tempo bem dilatado até, em que o sexo era tido como coisa imunda. Artimanhas do Diabo. Um tabu. Por isso, era proibida a sua discussão em público. Uma série de preconceitos da era vitoriana encobria-o num clima de mistério e de pecado!

Hoje, o que vemos é justamente o contrário. A sensualidade aparece nas capas de muitas revistas. O erotismo serve de enredo para os romances mais vendidos. O adultério é exibido através das telenovelas. A chamada abertura deixou campo livre a este comércio espúrio do sexo, o que ficou muito facilitado com as pílulas anticoncepcionais, propiciando as aventuras extra-conjugais, as experiências pré-matrimoniais e tudo isto que o leitor já sabe e eu não preciso repetir mais uma vez.

Infelizmente, nem a posição anterior, tampouco o desequilíbrio atual constituem atitudes adequadas diante do sexo!

Repressão não é educação! Nem libertinagem é progresso!

O reprimido não é feliz tanto quanto não o é de igual modo aquele que se deixa levar pelos impulsos do instinto sem controle! Se o primeiro se recalca e se afunda em fantasias, quando não afivela a máscara da hipocrisia, o último se frustra porque o gozo em si nunca foi sinônimo da verdadeira felicidade!

O sexo, amigos em Cristo, nada tem de pecaminoso.

Nem de abominável. Mas também — não pode ser considerado uma simples fonte de prazeres de Cápua! Assim, o seu exercício deve ser guiado pelo raciocínio. Pelo bom-senso. Pela razão. A sua prática deve ser conduzida pelo amor. Mas amor sinônimo de sentimento nobre, puro, superior. Amor sentimento de ternura e afeto. E não apenas instinto momentâneo, passageiro, fugaz, volúvel...

O respeito ao semelhante deve ser o ponto-de-partida de qualquer atitude nossa. Agindo assim, fazendo isto ou aquilo — devemos questionar sempre — não estaremos ferindo os direitos do próximo? Não o estaremos levando à infelicidade, neste desejo de levar vantagem, de desfrutar um minutinho de alegria efêmera?

O devido respeito ao semelhante, de novo repito, deve ser o ponto-de-partida de qualquer atitude nossa. E quando o sexo comparece em cena — esse respeito ao próximo não pode de modo algum ser esquecido. A fidelidade aos companheiros deve ser mantida com total seriedade!

Não estamos, porém, admitindo deva um casal viver junto, debaixo do mesmo teto, até mesmo quando o clima entre eles é de agressividade, é de eterno desentendimento, é de permanente desinteligência. No recinto doméstico nem sempre se encontram Espíritos do mesmo nível evolutivo. Pode dar-se o caso de ali se reunirem Espíritos de diferentes categorias, a fim de que os mais adiantados auxiliem os menos evoluídos a progredirem também. Por outro lado, devemos considerar que, não raro, a Justiça e a Bondade de Deus permitem ali se encontrem, outra vez, Espíritos anteriormente em dívidas recíprocas: ontem, em outra vida, prejudicamos um dado companheiro e hoje, nesta vida, ei-lo colocado junto a nós para que o auxiliemos.

Mas há situações em que o divórcio se impõe como solução extrema, para que não surjam crimes dolorosos. Os envolvidos devem considerar o direito dos filhos que, a rigor, são os que mais sofrem nestas circunstâncias constrangedoras. E se apelam para o divórcio, estejam certos de que apenas estão adiando um acerto de contas que terá de ser feito no futuro, quando, talvez, terão mais forças para vencer suas dificuldades em comum.

Todavia, é grave violação à moral cristã o casal viver junto, constituir-se em família para todos os efeitos sociais e familiares e aventuras amorosas serem mantidas por fora, ligações afetivas exteriores aos laços conjugais. Neste sentido queremos mais uma vez, nesta análise acerca do sexo, ressaltar o que já foi dito antes: A fidelidade aos compromissos deve ser mantida com total seriedade!

Emmanuel, o mentor espiritual do médium Chico Xavier, no livro Sexo e Vida, declara claramente: "... para não nos alongarmos em considerações desnecessárias, concluiremos que, em torno do sexo, seja justo sintetizarmos todas as digressões nas seguintes normas:

"Não proibição, mas educação...

"Não abstinência imposta, mas emprego digno, com o devido respeito aos outros e a si mesmo...

"Não indisciplina, mas controle...

"Não impulso livre, mas responsabilidade...

"Fora disto, é teorizar simplesmente, para depois aprender ou reaprender com a experiência".

Claro que, para ocorrer tudo isso que Emmanuel relacionou de maneira tão objetiva, faz-se preciso um auto-controle muito grande sobre nós mesmos... Mas afinal, para isso somos homens, para tanto somos racionais, dotados pois de tirocínio, de entendimento, de bom-senso, de razão. E quando refletimos sobre as possíveis conseqüências danosas de nossas leviandades, e procuramos, por isso mesmo não ceder ao desejo de praticá-las, aí sim estaremos dando prova a nós mesmos que já vencemos a nós próprios. Aí sim, estaremos dando provas da nossa verdadeira maturidade emocional.

Pelo médium baiano Divaldo P. Franco, o Espírito Joanna de Angelis já escreveu isto: "O problema do sexo é do espírito e não do corpo, e só pelo espírito será solucionado.

"Não convertas as sublimes experiências da continência sexual em favores degradantes que conduzem à loucura e ao crime. Como o fogo que necessita ser disciplinado para ser útil, o sexo deve ser dirigido pelo amor a fim de preencher a sua finalidade santificante".

Nota da Editora: Maiores detalhes no livro do mesmo autor **"O Sexo e o Amor em Nossas Vidas"**, por nós também editado.

23 — RECADO AMIGO

Embora este livrinho seja de mensagens em prosa, eu não posso deixar de incluir um poema escrito recentemente. Escrevi-o numa sessão espírita aqui em Realengo (Rio de Janeiro) quando estava com o coração voltado para o dileto amigo André Fernandes. Foi ele um espanhol que residiu longos anos em Sul do Brasil, onde desencarnou em 1974. Conhecido como POETA DO SERTÃO, deixou em nossos jornais farto material poético. Escreveu alguns livrinhos, editados e distribuídos gratuitamente pelo confrade Hélio Romano, de Cambará (Paraná).

Conheci-o simplesmente por cartas, quando ele morava em Loanda (no mesmo Estado). Pelo Natal de 1971 saiu no Rio de Janeiro, com data do ano seguinte, pela extinta Editora Pongetti um livro de nossa autoria conjunta, de título Lira de Dois Corações.

Num preito de saudade, eis o poema que escrevemos, certamente ele o Espírito comunicante e eu o médium inspirado.

Não encares tua vida
Como castigo de Deus:
Se tens a alma sofrida,
É fruto dos atos teus!

Deus não castiga a ninguém,
Nem a ninguém deixa a esmo:
Na Terra, como no Além,
Cada qual pune a si mesmo!

Não se pense, meus amigos,
Haja um rude fatalismo:
Não há eternos castigos
Como prega o pessimismo!!!

Muitos erros praticamos
No passado e no presente:
É por isso que choramos
Tanta dor amargamente!

Mas podemos transformar
A mais triste provação
Numa bênção salutar
De progresso e evolução!

Quem muito errou no passado
Jamais se entregue ao desânimo!
Segure firme o arado
E trabalhe com mais ânimo!

Se a meta é progredir,
Trabalhemos sem demora:
A construção do porvir
Deve começar agora!

Aproveita, meu amigo,
Esta existência que passa:
A dor jamais é castigo,
Nem padecer é desgraça!

O solo, mesmo rasgado
Pelos dentes dos tratores,
Sabe sorrir, enfeitado
Pelo perfume das flores!...

Pois bem, esta linda mensagem de esperança, enviada pelo querido amigo desencarnado, foi estampada em diversos jornais espíritas e não espíritas do Brasil, sendo que o Lar Infantil Marília Barbosa, para cuja criação em Cambé (Paraná) o POETA DO SERTÃO tanto colaborou, inclusive com o seu esforço muscular, foi a primeira instituição que a imprimiu em volantes para distribuição gratuita.

Como se vê, um pugilo de amigos desejosos de levar ao homem do mundo atual uma palavra de fé e uma frase de consolo!

24 — CONVERSANDO COM VOCÊ

Vamos abrir o livro Amigo, um dos últimos lançados através do médium Chico Xavier. Vamos abri-lo na página de título "Trabalha e Vive". Entre outras coisas, Emmanuel, seu autor espiritual, assim orienta:

"Não te acomodes com pessimismo e desânimo. Nem esmoreças no serviço a que te propuseste. Quando a sombra se faça mais espessa em torno de ti, acende a chama da oração e prossegue. A luz da prece te fará ver a estrela da esperança a guiar-te em rumo certo, porque a esperança é baliza na marcha de todos os corações que procuram por Deus".

Cada Espírito, antes de encarnar, assume na Espiritualidade, com a amorosa assistência de amigos de outras oportunidades, o gênero de lutas redentoras que terá de travar, uma vez na carne. Escolhe o estilo de vida que levará. E se compromete tudo fazer para marchar para a frente e para o alto.

Isto aprendemos em O Livro dos Espíritos, pergunta 258.

Meu amigo, então o serviço que você tem pela frente, as dores que tem, decerto, chorado, as dificuldades com que você se defronta, os possíveis espinhos que, talvez, lhe rasgam as fibras de sua alma — você mesmo a tudo isso se propôs, antes de reencarnar, com a finalidade exclusiva de melhoria moral e espiritual. E para que você seja vencedor em todas as batalhas, o Alto jamais o deixa só. Nunca está você (nem ninguém neste mundo) abandonado. Ninguém está órfão da proteção de Deus. Amigos espirituais estão sempre ao nosso lado, dando-nos alento, renovando-nos as forças para que possamos marchar de cabeça erguida, em direção de um futuro cada vez melhor e mais amplo nos vastos caminhos da própria vida!

Às vezes, porém, o vento sopra mais rijo. Estrondam trovões ao longe. O céu se torna coberto de nuvens sombrias. Relâmpagos ziguezagueam no espesso firmamento. Amedrontados, pensamos logo que a tempestade irá desabar e com ela o nosso barquinho irá para o fundo, engolido pelas ondas que se fazem altas e furiosas! Aterrados de sinistros presságios, choramos, gritamos, suplicamos, ficamos desesperados!

Isto já aconteceu comigo. Acontece com você talvez no momento atual ou se deu anteriormente. Isto acontece com toda a Humanidade! Uns fraquejam. Desanimam. Sentem-se derrotados. Vencidos. Outros, ao contrário, lutam por manter o veleiro na rota, apesar da borrasca que desaba furiosa.

Para estas horas tão necessárias ao nosso burilamento, temos aí então a palavra consoladora do Espírito Emmanuel, pelo lápis psicográfico de Chico Xavier: "Quando a sombra se faça mais espessa, em torno de ti, acende a chama da oração e prossegue."

Em primeiro lugar — fé em Deus. A certeza de que o Alto está dando-nos resistência para enfrentar a dificuldade e vencê-la com galhardia. A confiança no amparo misericordioso de Jesus, na ajuda fraternal de nossos amigos do Grande Além.

Depois, a vontade férrea de prosseguir, o desejo sincero de avançar, a destemida decisão de marchar no caminho do Bem, de palmilhar estrada em fora em busca do dever bem cumprido.

A luz da oração brotada do fundo do coração — afirma Emmanuel — será a estrela da esperança a guiar-nos seguramente.

Meu amigo, meu irmão! Horas difíceis todos nós as temos. São horas terríveis, estas... O ânimo fica abatido. A coragem como que foge de nossos músculos. O desânimo sempre entra sorrateiro e se instala lá no coração e de lá não quer sair de jeito nenhum! Eu sei, repito, o que seja isto. É profundamente acabrunhador!

No entanto, se isto é comum, dada a nossa condição

de Espíritos ainda muito inferiores, cheios de mazelas, de vícios e de limitações — o mais sensato, o mais recomendável é a luta contra o desânimo, contra o pessimismo, estes adversários que nos querem ver, sim, desesperançados e derrotados...

Peça forças a Deus, peça-lhe assistência, implore-lhe resistência, rogando-lhe forças físicas e morais. E sempre em frente, nem que seja um milímetro por dia. No final de um mês serão já três centímetros. No término do ano atingiremos quase meio metro. A isto chamo progredir. Avançar. Subir. Sair das trevas e ingressar na luz. Sempre em frente, para o alto, mesmo com o coração a sangrar, sem esmorecimentos. A tarefa é sua e só você, tendo fé em Deus, poderá executá-la para o seu próprio Bem eterno!

Bem sei que o peso de nossas imperfeições é um fardo bem avantajado sobre os nossos ombros. Mas é preciso lutemos contra a inércia que ainda impede caminhemos com maior desenvoltura. É necessário combatamos o comodismo com que nos acumpliciamos com as nossas limitações.

Esqueçamos o Mal para pensar no Bem somente.

Desculpemos o erro para enaltecer o que é certo e é justo.

Confiemos em Deus, embora os homens só nos inspirem, às vezes, fundados receios.

Sobretudo, tenhamos paciência para que nossa caminhada para Deus seja proveitosa e segura para nós e para tantos quantos nos cercam. As Leis Morais sempre vencem, a despeito do aparente triunfo do engano, da mentira e do preconceito. Pois a Lei é Progredir Sempre!

Muito a propósito, vejamos trechos de um expressivo poema de Bastos Tigre:

"Fraco é aquele que fraco se imagina.
Olha o alto o que ao alto se destina.
A confiança em ti mesmo é a trajetória
Que te levará aos altos cimos da vitória...

Se imaginas perder, perdido estás.
Quem não confia em si, marcha para trás.
A força que impele para frente
É a decisão firmada em tua mente!..."

25 — APRESENTAR A OUTRA FACE

Se se perdesse toda a literatura religiosa universal e não se perdesse o Sermão do Monte — nada teria sido perdido. Eis aí uma linda frase de Gândhi, famoso líder da Índia, acerca daquela esplêndida aula magna proferida por Jesus. Fazendo coro, o filósofo Huberto Rohden aduzia: Se o Evangelho é a alma da Bíblia, o Sermão da Montanha é a alma do Evangelho...

De fato, no sermão proferido por Jesus, e que aparece nos capítulos de n.º 5, 6 e 7 do Evangelho segundo São Mateus, estão condensadas todas as Leis de Deus, de cujo cumprimento depende a nossa felicidade interior.

Em 1964, participava eu de uma belíssima semana espírita na cidade fluminense de Macaé. Estávamos todos em um lindo domingo de manhã, no amplo jardim do Lar de Maria (para meninas), fazendo parte do chamado reabastecimento espiritual: era uma reunião ao ar livre, muitos jovens sentados em cadeiras que formavam um enorme círculo, ao centro do qual estava o dileto amigo Professor Pierre Ribeiro, coordenando as manifestações de euforia da rapaziada.

Foi aventada a sugestão de se comentar algo sobre a personalidade de Jesus.

Um jovem falava sobre Jesus carpinteiro, na oficina do velho pai José. Outro falava sobre Jesus cientista, transformando a água em vinho, nas bodas de Caná. Outro além falava sobre Jesus médico, dando assistência a inúmeros doentes. Um aqui falava de Jesus advogado, defendendo a mulher adúltera. Outro ali falava de Jesus educador, proferindo o já citado Sermão do Monte. E assim por diante.

Foi quando um jovem, por sinal que havia sido meu aluno antes, pediu a palavra e lembrou Jesus poeta! E nada acrescentou para justificar sua tese. Foi quando então eu saí com estas rimas:

Jesus — poeta também
Soube ser, pois teve a idéia
De pregar a Paz e o Bem
Junto ao mar da Galiléia!...

Não creio haveria lugar mais poético, na Palestina, para Jesus proferir os seus lindos poemas de Amor Universal senão junto ao Mar da Galiléia!

Dois anos mais tarde, lendo o livro A Arte de Ensinar, de Gilbert Highest, vim a saber que se o Sermão da Montanha for retraduzido para o aramaico antigo, língua em que possivelmente teria sido proferido por Jesus, com surpresa o texto adquire todas as características de um poema admiravelmente bem feito!

Não sei se o jovem Paulo de Tarso sabia deste detalhe quando recordou Jesus Poeta. Mas aí está a justificativa para sua lembrança.

Todavia, para que possamos entender o que o Mestre quis dizer, é preciso que se removam os véus da letra e alcancemos o espírito que é tudo. Eis um exemplo disto: Ao que te bate numa face, disse Jesus, oferece-lhe a outra...

À primeira vista pode parecer que o Cristo recomendasse a covardia. Ocorre que não foi bem isso que ele recomendava. Nem foi o que fez em sua vida missionária.

Apresentar a outra face quer dizer não resistir ao mal no sentido vulgar de guardar rancor do inimigo... Significa não revidar o mal com o mal... O ódio com o ódio... A represália, com a represália, pois a violência fatalmente gera outra violência ainda mais intensa!

Apresentar a outra face é não se nivelar ao plano do rival que se descontrolou e quer ir às vias de fato. Quer agredir senão com os músculos dos braços e das mãos, pelo menos com a musculatura agressiva da língua ou com as fibras do coração encharcado de rancor!

No livro Roteiro da Felicidade, do Dr. José Maria Salles, lançado faz algum tempo no Rio de Janeiro, encontramos uma ocorrência que ilustra bem o que Jesus nos ensinou neste trecho do Sermão do Monte. Diz ele:

Certa vez havia eu regressado do hospital, onde me submetera a melindrosa operação da vesícula. Estava proibido de fazer qualquer esforço, até mesmo de me locomover por mim próprio. Era domingo e almoçava, quando a campainha do meu apartamento soou demoradamente. Aberta a porta, aparece a inquilina de um apartamento inferior ao meu lado, que, nervosa e exaltada, exigia que eu fosse — imediatamente — retirar o meu carro, que o motorista deixara em local que impedia a saída do seu.

Fiz-lhe ver meu estado de operado, porém ela não acedeu. Pedi-lhe então que me deixasse terminar o almoço, já em fase final.

Também não concordou e cada vez mais exaltada, exigiu que a remoção do automóvel fosse feita incontinenti.

Pensei em mandá-la plantar batatas, mas não o fiz. Contive-me, dominei-me. Estava de pijama e chinelos. Vesti apenas as calças e de chinelos mesmo desci os doze andares do edifício, pois faltava energia no prédio. Arriscando a saúde e a romperem-se os pontos da operação, com muita dificuldade manobrei o carro e satisfiz a exigente e autoritária senhora. Eu me venci.

No mesmo dia — prossegue o autor do livro citado — por volta das 19 horas, com o apartamento cheio de visitas e familiares, soa a campainha do telefone... Era a neurótica senhora que, confessando-se arrependida, me pedia toda a sorte de desculpas.

Limitei-me a responder-lhe que os culpados éramos eu e o meu motorista e, portanto, nós é que deveríamos pedir desculpas.

Amigo, creio que o exemplo dado pelo Dr. Salles ilustra bem o que seja, do Sermão do Monte, o apresentar a outra face, não é mesmo?

Para finalizar este capítulo, meditemos no que diz André Luiz, pelo lápis do médium Francisco Cândido Xavier, no livro Sinal Verde:

Desculpe e você compreenderá. Onde existe amor

não há lugar para ressentimento. Ao colocar-se na condição de quem erra, qual seja o problema, de imediato, você notará que a compaixão nos dissolve qualquer sombra de crítica.

(...) Aprendamos a tolerar, para que sejamos tolerados. Em muitas ocasiões, a Divina Providência nos permite o erro para que aprendamos a perdoar.

26 — O AZEITE

Dentre as muitas parábolas relatadas por Jesus em os Evangelhos, escolhi para estudar aqui neste modesto livro, exatamente a das dez virgens, que aparece assim em Mateus, Cap. 25: Então o reino dos céus será semelhante a dez virgens, que, tomando as suas lâmpadas, saíram ao encontro do noivo. Cinco dentre elas eram néscias e cinco eram prudentes. As néscias, ao tomarem as suas lâmpadas, não levavam azeite consigo; no entanto, as prudentes, além das lâmpadas, levaram azeite nas vasilhas. E, tardando o noivo, foram todas tomadas de sono, e adormeceram. Mas, à meia-noite, ouviu-se um grito: Eis o noivo! Saí ao seu encontro. Então se levantaram todas as virgens e prepararam suas lâmpadas. E as néscias disseram às prudentes: Dai-nos do vosso azeite, porque as nossas lâmpadas estão-se apagando. Mas, as prudentes responderam: Não! Para que não nos falte a nós e a vós; ide antes aos que o vendem e comprai-o. E, saindo elas para comprar, chegou o noivo, e as que estavam apercebidas entraram com ele para as bodas e fechou-se a porta. Mais tarde, chegaram as virgens néscias, chamando: Senhor, Senhor, abre-nos a porta! Mas ele respondeu: Em verdade em verdade eu vos digo que não vos conheço. Vigiai, porque não sabeis o dia nem a hora.

As parábolas de Jesus merecem explicação, pois atrás do relato (todo ele simbólico), está uma profunda lição moral. Ora, à primeira vista poderia parecer que, através da citada historieta, Jesus pregasse o egoísmo! Sinceramente — não custaria nada às cinco virgens prudentes darem um pouquinho do azeite às néscias, pois isso prega a fraternidade, isso recomenda a caridade cristã!

Acontece que tal azeite não pode ser transferido de uma pessoa para outra, por mais que a possuidora queira favorecer o seu semelhante néscio! Não se trata de egoísmo nem atitude descaridosa!

Senão, vejamos:

As lâmpadas a que Jesus se refere é exatamente a Fé. Da mesma maneira como as lâmpadas alumiam as trevas materiais, a Fé ilumina as trevas da dor, as sombras da dificuldade, a escuridão da adversidade! O homem que tem Fé traz na mão uma lanterna capaz de lhe clarear a vida. E quando aqui falamos em Fé, não estamos pensando na Fé cega, na Fé fanática, dogmática, intransigente, não! Nem na Fé que se queda inoperante, esperando caia tudo do céu, sem nosso esforço, sem nosso trabalho pessoal. Não. Referimo-nos à Fé raciocinada, à Fé operante, à Fé que é confiança e trabalho, certeza e labor voltado para a conquista da melhoria moral com o suor do próprio rosto. Aludimos à Fé que devemos ter na proteção amorosa de Deus, sim, mas a Fé que também devemos ter em nossos recursos para a consecução de nossos nobres ideais e a realização de nossos anseios de progresso.

Encarada sob este duplo sentido, a Fé é exatamente luz para os nossos caminhos em nossa romagem terrena bem como na trajetória que se nos abre após a morte do corpo físico.

Todavia, uma lâmpada para fazer-se luz necessita de um combustível. Hoje em dia, nas grandes cidades, as lâmpadas utilizam a energia elétrica. Ao tempo de Jesus, no entanto, o combustível era o azeite, correspondendo ao tradicional querosene dos meus dias de criança em Nova Iguaçu (no Estado do Rio de Janeiro), nos fins dos anos 40.

Assim, o azeite é o conhecimento que alimenta a chama viva da Fé. Como já declarou Kardec, a Fé tem de encarar a razão face a face! E para fazê-lo, há-de alimentar-se com a seiva do conhecimento espiritual... É preciso que acreditemos porque conhecemos aquilo em que cremos. É deste conhecimento que nasce a convicção. O espírita não crê simplesmente porque crê. Não. Ele sabe, ele conhece aquilo em que deposita a sua Fé. E este conhecimento lhe dá a um tempo segurança e tranqüilidade. Sabe que Deus sempre o ampara. Que Deus lhe destinou um porvir radiante de felicidade, desde que ele mesmo, como criatura, esforçando-se dia a dia, construa este porvir de ventura interior. E é este esforço algo espontâneo no sentido de que não tem nada de salvacionista nem pretensioso; apenas o anseio de identificar-se mais e mais com as Leis de Deus, as únicas que, se observadas, nos levam a um estágio cada vez mais crescente de melhoria e de crescimento para o Criador.

Humberto de Campos (o mesmo Irmão X) já escreveu pelo lápis do médium Chico Xavier que, depois da oração, é o livro a única escada através da qual pode a Terra subir até aos céus.

Gosto muito desta frase de Humberto de Campos. Gosto dela porque diz muito em poucas palavras. Em primeiro lugar, o mentor espiritual coloca a oração pois que há muitas criaturas que não têm condições intelectuais para entender uma obra. Mas todos, até os analfabetos, podem abrir de par em par as portas de seu coração e pôr-se em contacto com o Criador amoroso e bom. Os próprios intelectuais, homens ou mulheres de vasta cultura, podem invocar humildemente a proteção da Paternidade Divina.

Cito até de passagem um trecho de Albert Einstein, um dos maiores gênios que a Humanidade já conheceu, onde ele declarou textualmente:

"A opinião comum de que sou ateu repousa sobre grave erro. Quem pretenda deduzi-la das minhas teorias científicas, não as entendeu. Creio em um Deus pessoal e posso dizer que, nunca em minha vida, cedi a uma ideologia atéia. (...) Saber que existe realmente aquilo que é impenetrável a nós, e que se manifesta como a mais alta e a mais radiosa das belezas, que as nossas faculdades embotadas só podem entender em suas formas mais primitivas, esse conhecimento, esse sentimento estão no centro mesmo da verdadeira religiosidade..."

E o famoso Pai da Teoria Geral da Relatividade conclui:

"Minha religião consiste em humilde admiração do espírito superior e ilimitado que se revela nos menores detalhes que podemos perceber em nossos espíritos frágeis e incertos. Essa convicção, profundamente emocional, na presença de um poder racionalmente superior, que se revela no incompreensível universo — é a idéia que faço de Deus." (Cf. As mais belas orações de todos os tempos, página 102).

Pois bem, depois da oração, Humberto de Campos cita o livro. E quem diz livro diz conhecimento. Pois através dos livros espíritas, pode a criatura ver profundamente as coisas e até mais longe do que o comum das outras pessoas, com isso alimentando a chama de sua Fé, esclarecendo-a, enriquecendo-a, erguendo-a até o Criador.

Como última palavra amiga nesta mensagem de esperança, deixamos este pedido: que o amável leitor leia as obras espíritas. Medite profundamente sobre o que elas ensinam. E procure viver o que pregam. Comece pelos livros de Kardec que são: 1.°) O Livro dos Espíritos; 2.°) O Livro dos Médiuns; 3.°) O Evangelho segundo o Espiritismo; 4.°) A Gênese e 5.°) O Céu e o Inferno. E complemente esta leitura com as obras de Bozzano, de Flammarion, de Crookes, de Léon Denis, de Aksakoff, de Conan Doyle. E mais — leia também as de Emmanuel, de André Luiz, de Bezerra de Menezes entre autores desencarnados; e de Carlos Imbassahy, de J. Herculano Pires, de Deolindo Amorim, de Cairbar Schutel, de Leopoldo Machado, de Vinicius, dentre os encarnados. Não citei todos os títulos nem todos os autores dignos de estudo criterioso. Mesmo porque há uma imensa literatura, uma farta biblioteca à sua disposição. Mas quero crer que, pelo menos, lendo os citados acima, o leitor terá azeite para manter acesa a chama viva de sua Fé espiritual.

NOTA DA EDITORA: Os encarnados citados neste capítulo, autores de livros doutrinários, como Leopoldo Machado, Vinícius, Caírbar Schutel, Carlos Imbassahy, Deolindo Amorim, escreveram obras doutrinárias quando entre nós. Atualmente já estão na Pátria Espiritual.

27 — NÃO PERCAMOS A ESPERANÇA

Na opinião do Secretário Geral das Nações Unidas, Sr. Javier Perez de Cuellar, o apocalipse deixou de ser uma descrição bíblica e está virando uma possibilidade muito real. De fato, atualmente, quando preparamos a 3.ª edição deste livrinho (começo de 1984), são gastos 600 bilhões de dólares no setor militar, o que corresponde a uma despesa per capita da ordem de 112 dólares (cálculo envolvendo toda a população do globo), com considerável aumento em relação a 1978, quando ocorreu a primeira reunião sobre o desarmamento. Noutras palavras, os países já têm um formidável estoque macabro de 40 a 50 mil ogivas nucleares! Sua força conjunto tem um valor aproximado de um milhão (exatamente: um milhão!) de bombas semelhantes àquelas que foram lançadas no Japão, em 45, ao final da II.ª Guerra Mundial! Quando em verdade, o dinheiro gasto em armamentos durante apenas 15 dias, no mundo inteiro, poderia perfeitamente fornecer a toda a população mundial durante o largo período de um ano — alimentos, água potável, educação, assistência médica e hospitalar!

Queridos amigos, apesar disto, não percamos a esperança!

Vou recordar aqui e agora uma história que li, há dias...

As estrelas pediram ao Senhor da Vida permissão para viver na Terra com os homens. E o Criador não impediu a descida das estrelas lá dos céus para viver com a Humanidade terrena. Elas todas vieram, aos milhares, aos milhões. Vieram as estrelas amarelas, as azuis, as vermelhas, as rosas, as brancas, as violetas, todas elas enfim.

Umas preferiram ficar brilhando no alto das igrejas... Outras quiseram brincar com as crianças em meio a seus brinquedos infantis... E outras ainda desejaram passear pelos campos e, nas noites escuras, por lá passeavam na forma de muitos vagalumes.

No entanto, durou pouco a vivência das estrelas com os homens. Para logo resolveram voltar aos céus. E o Senhor de braços abertos as recolheu a todas, indagando o motivo de tão rápido regresso. E elas responderam:

— Ah! Dizem que a Terra é redonda... Mas o mundo anda muito chato... Lá nós encontramos muita coisa triste como a guerra, a fome, o câncer, a inveja, o orgulho, o preconceito... Ah! Não queremos viver mais com os homens, não!

Diante disto, nada mais cabia a Deus senão contar as estrelas, uma a uma, para verificar se todas estavam, de fato, de volta à tranqüilidade do firmamento sempre azul. Uma... duas... três... mil... milhão... bilhão... e... ora!... está faltando uma... falta uma! Que estaria acontecendo com esta retardatária?

Um anjo, que auxiliava o Criador na administração do céu explica:

— Senhor, vieram, sim, todas as estrelas que daqui partiram. Voltaram as amarelas, as azuis, as vermelhas, as rosas, as brancas, as violetas, todas enfim! Só não regressou até agora — aquela estrela de cor diferente!

— Aquela estrela de cor diferente!? — estranhou o Criador. Mas que estrela diferente é esta?

— Aquela, Senhor, de cor verde... É a estrela da esperança!

— Ah! Já sei... Então, desça depressa ao mundo, faça com que esta fujona volte para o céu ao lado de suas demais irmãs.

O anjo de imediato desceu. Mas, quando chegou ao mundo, viu que não poderia trazer a estrela verde da esperança para as moradas celestes. Ela, que era antes uma só agora, estava dividida em duas, em quatro, em oito, em mil, em milhões de estrelas menores, cada uma a brilhar fulgurantemente no coração dos tristes, dos pobres, dos doentes, das crianças, dos velhos. Cada pedacinho da estrela verde da esperança preferiu viver com os homens aqui na Terra, apesar da guerra, da fome, do câncer, da inveja, do orgulho, do preconceito e tudo o mais que é escuro e dolorido!...

Queridos amigos, apesar de tudo, não percamos a esperança! Mantenhamos acesa, bem acesa a nossa verde esperança na construção de um mundo melhor! De uma Humanidade mais feliz! Lá na remota Índia milenar Confúcio já dizia que não vale a pena xingar a escuridão. O negócio é a gente acender um fósforo. Às vezes, tudo em derredor é negro, é de trevas densas e profundas. Nesta hora, aprendamos a fazer lume!... Será decerto uma luzinha muito fraca. Muito tímida. Sem expressão. Pouco importa. Melhor do que **coisa alguma** será sempre **alguma coisa!**

Se há crises assolando povos e nações, contribuamos para minorar as dores do mundo. Vejamos o exemplo admirável que nos dá a senhora Rosie Drake, residente em Rose Hill, em Oxford, lá na Inglaterra. Trata-se de um exemplo que merece ser seguido. Em linhas gerais é o seguinte:

Tem a sra. Rosie Drake mais de 70 anos de idade. Mora em humilde casa com um cunhado, um cão e um gato. Desde 1935 que se dedica a animais, inclusive criou um dispensário onde animais cujos donos não dispõem de recursos financeiros para lhes oferecer tratamento adequado, recebem assistência veterinária conveniente. E mais, desde aquele ano de 35 que dona Drake dá carinho, empresta assistência a pacientes em hospitais psiquiátricos, socorrendo paralíticos, levando calor humano a quem sofre na solidão! (Tal fato me recordou, quando li a reportagem numa revista esperantista, o trabalho que faz, em plena Amazônia, o meu amigo de Belém do Pará, senhor Roldão Tavares de Castro).

Mas voltemos à senhora britânica: em virtude de uma severa diabete ela se viu obrigada a ter uma perna amputada! Mesmo assim, em 1966, lançou uma campanha para comprar um micro-ônibus a fim de, apesar de inválida, prosseguir em suas excursões de benemerência. Pois bem, em maio de 74, este ônibuzinho foi comprado e sofreu um acidente, no qual Rosie Drake fraturou o crânio, o rosto e a espinha dorsal. A despeito da descrença dos médicos, ela se salvou! E hoje, com a mão direita transformada num punho que não se abre mais (seqüela do acidente citado), Dona Rosie com apenas um dedo da mão esquerda (isso mesmo, com apenas um dedo da mão esquerda!) escreve cartas e mais cartas numa máquina (que lhe fora dada por um jornalista da região onde ela mora) enviando, depois, toda esta correspondência, aos dirigentes de povos e de nações, pedindo a todos eles, em nome de nossas crianças, no sentido de que esqueçam suas possíveis diferenças ideológicas, suas divergências políticas, seus pontos-de-vista econômicos — e estabeleçam um mundo de mais paz, de mais entendimento!

É bem verdade que o custo com a manutenção de um submarino Trident é igual ao que se gasta anualmente com a educação de 16 milhões de pequenas crianças em países em desenvolvimento. Mas não é menos verdade também que muita gente, cada qual a seu jeito e modo, dentro de suas possibilidades, trabalha, e trabalha muito, para que o mundo seja melhor e a Humanidade um pouco mais feliz!

Assim, não percamos a esperança e demos sem demora a nossa parcela de cooperação para que isto se faça uma radiante realidade! Afinal, como já reconheceu o líder hindu Mahatma Gândhi, "o amor de um pode perfeitamente neutralizar o ódio de milhões!"

Guardemos sempre na alma o que dizem estas pequenas trovas:

É feliz na vida quem
puro traz o coração
cultivando sempre o Bem
que conduz à perfeição!

Neste mundo só tem paz
confortando o próprio ser
quem caridade faz
simplesmente por prazer!

28 — POR UM MUNDO MELHOR

Vangloria-se o homem de estar vivendo a Era da Cibernética e da Eletrônica. Rejubila-se, feliz, com os recursos das telecomunicações e da navegação interplanetária. Orgulha-se com as técnicas mais sofisticadas dos transplantes de órgãos e de inseminação artificial. De modo que, o homem no final do século do progresso, mais do que nunca se sente o rei da Natureza, arrancando do seio dos minérios a energia radioativa para movimentar suas fábricas. Extrai das entranhas do subsolo os elementos necessários para elaborar peças automotivas e eletrodomésticas. Obtém preparados químicos manipulando princípios ativos de eficientes medicamentos mais avançados. E ainda o homem dos nossos dias vasculha os céus sem lindes para investigar a origem e a evolução das galáxias, tanto quanto esquadrinha, mediante a Engenharia Genética, como se estruturam os mais íntimos componentes das células e dos micróbios em geral.

Nada obstante, este mesmo homem se amedronta diante da perspectiva da fome de milhares e de milhões nos chamados países do Terceiro Mundo. Ele se alarma diante dos tentáculos pegajosos da poluição ambiental, esterilizando o solo agrícola, intoxicando a atmosfera terrestre, dizimando espécies úteis e selvagens de plantas e animais.

O homem se entrega aos prazeres do sexo, com sua prática desbragada através de desregramentos que raiam no inconcebível, na troca de casais, nos contactos de homossexualidade, no crime hediondo do aborto — considerado coisa trivial, amparado pela lei humana (!), no adultério, no abandono do lar, no total desrespeito ao sentimento alheio...

E se atira aos abismos das drogas alucinógenas, vergastando o próprio organismo com substâncias psicotrópicas, além da fumaça cancerígena do cigarro e dos derivados do álcool, conducentes à cirrose hepática!

Anos de estupendo desenvolvimento tecnológico, de refinamento científico, de indiscutível avanço material... Mas também — anos de desconforto íntimo, de angústias morais, de desesperança e de descrença, de sombrias nuvens de tirania política, de despotismo econômico, de acomodações e indiferença, de ódios e de violências... E daí resultam as obsessões, os suicídios, os crimes passionais, a violência urbana, a infância desvalida, a velhice abandonada, o desemprego, a ameaça de um conflito termonuclear pairando sobre as nossas cabeças desassossegadas.

Diante disto, há quem alegue que o mundo está mesmo podre, a civilização decadente, os valores morais de tal maneira subvertidos que não mais acredita na regeneração da Humanidade.

Não padece dúvida de que muita coisa está mesmo a exigir uma pronta corrigenda. Não seria eu tão míope que não o visse tão claramente claro!

Todavia, o que precisamos mudar na Humanidade é exatamente aquilo que precisamos mudar em nós mesmos! Que é a Humanidade senão o somatório de todos nós? O que precisamos mudar na Humanidade, a fim de tornar o mundo mais feliz, é o que precisamos mudar — e mudar com urgência — em nosso coração: nele se aloja o orgulho. Então, é necessário arrancar de lá esta erva daninha para que germine, e cresça, e floresça, e frutifique a semente da abnegação. No coração humano estão escondidos o leão da maldade, o urso do egoísmo, a serpente da indiferença... Precisamos então desalojá-los dali para que em seu lugar nasça e viva a pomba branca da ternura, o manso cão da fidelidade, o passarinho inocente do Amor!...

Vige entre os homens a lei do mais forte! Impera entre as criaturas a lei do salve-se quem puder! Reina entre nós o valor exacerbado do **ter**, do **possuir** mais e mais! Quer dizer, valem muito mais as aparências do momento. Este estado de coisas, sim, é que deve ser mudado. E a nossa proposta, ao longo de todo este livro de mensagem de esperança, não é no sentido de que tais alterações se operem pela violência, pela força, pela imposição! Não!

Nunca! Jamais proporíamos tal coisa! Estas mudanças para a paz, para a fraternidade, para a compreensão e vivência das lições de Jesus devem ser feitas de dentro para fora, devem partir do coração para as atitudes vivenciadas em família, na vizinhança, no bairro, na cidade, num crescente que atinja, depois, todo o contexto social do mundo inteiro!...

Não resta a menor dúvida de que cada Espírito (encarnado ou desencarnado) se situa exatamente no lugar onde merece situar-se. Isto porque é ele mesmo que constrói o seu destino de alegrias ou de sofrimentos. Assim, levando-se em conta o total de suas ações anteriores — ele se vê, justamente, no ambiente mais apropriado aos propósitos de sua evolução moral!... Nada obstante, o meio social tem uma profunda influência sobre o indivíduo. Tanto que há um provérbio que diz: "Aproxima-te dos bons e serás um deles; aproxima-te dos maus e ficarás pior que eles". Evidentemente esta influência — boa ou perniciosa — será atuante tanto sobre o homem, na Terra, como sobre os Espíritos, na erraticidade, num processo recíproco de ação e reação entre os dois mundos.

Comentando a questão de n.º 930 de O Livro dos Espíritos, Kardec, ele mesmo educador, discípulo de Pestalozzi, anotou estas frases:

"(...) suas próprias faltas (do homem) são freqüentemente resultado do meio onde se acha colocado. Quando praticar a lei de Deus, terá uma ordem social fundada na justiça e na solidariedade e ele próprio também será melhor."

Muito oportuno este trecho de Kardec. O homem não é, como alegavam alguns geógrafos do século passado, um mero produto do meio ambiente. É claro que o homem reage às influências ambientais, sobretudo no que concerne aos aspectos sócio-morais que o cercam. No entanto, haverá sempre um **quantum** de influência do meio sobre o ânimo dos indivíduos, ou por outra até, sobre o ânimo do Espírito — na exata gradação do progresso individual de cada um de nós. E esta influência poderá ser o estopim para a eclosão de instintos negativos, de impulsos anti-sociais, daí esta onda de violência a que assistimos presentemente. Tanto quanto a desigual repartição da renda nacional tem sido a causa de revolta no âmago de tanta gente que se vê oprimida em suas mais elementares aspirações vitais de sobrevivência!

É lógico que o fator reencarnatório não pode ser esquecido quando analisamos tais situações: a cada um a vida dá de conformidade com os seus atos. Todavia, para infelicidade de todos nós, ainda não vivemos as leis de Deus à face da Terra, leis que estabelecem sempre a Justiça, a Solidariedade, o Amor, a Compreensão!

Então, para que o mundo seja melhor, e a Humanidade mais feliz — urge lutarmos pela implantação destes ensinamentos de Jesus nas almas e nos corações! Não há outro modo ou meio de fazer surgir, alvinitente e pura, sublime e eterna, uma nova ordem social mais fraterna, uma nova ordem econômica mais justa, uma nova ordem política mais cristã — fora dos ensinos do Cristo! Urge que cada homem veja no semelhante um seu irmão. E não um rival, um mero competidor, um inimigo que deva ser alijado, custe o que custar, do cenário onde atuamos!

Que nos vejamos e nos consideremos como a irmãos! Nisso se baseiam todos os direitos humanos! O homem não pode ser explorado por outro homem. O desejo desenfreado de lucro não pode massacrar o lado humano das criaturas. Todos têm direito a viver e a ser felizes! Eis o supremo ideal de todos os santos, de todos os sábios e de todos os mártires! Deve ser então, sobretudo neste final de século tecnológico, o ideal de toda a Humanidade, o leme condutor dos povos e nações, a constante preocupação dos líderes políticos de todos os Estados nacionais!

Sim, eu creio na Humanidade. Nela eu sempre cri. Bem sei que há muita gente má. Ou melhor, ignorante das leis de Deus. Mas também — há muita gente boa, gente que luta por um mundo melhor. E é graças a este trabalho que o mundo passará da condição de provas e de expiações para a categoria de um mundo de regeneração, onde o Bem preponderá. Assim, eu creio na Humanidade. E creio no papel que eu, que você, que podemos todos nós exercer neste sentido, baseando-se nesta pergunta de O Livro dos Espíritos (n.° 932):

"Por que, no mundo, tão amiúde, a influência dos maus sobrepuja a dos bons? Resposta: Por fraqueza destes. Os maus são intrigantes e audaciosos, os bons são tímidos. Quando estes o quiserem, preponderão."

29 — AS MORTES COLETIVAS

O mundo em que vivemos é mesmo de provas e de expiações. Senão, vejamos.

Como se não nos bastassem as dificuldades econômicas, as crises financeiras, os impasses políticos, as disparidades sociais, tudo isto em decorrência de não obedecermos às leis de Deus — o caso é que muitas vezes somos surpreendidos dolorosamente pela ocorrência fatal de desastres de aviões, de trens, de automóveis, de incêndios pavorosos, de enchentes de rios, de chuvas torrenciais, erupções vulcânicas, abalos sísmicos, tufões e furacões — determinando tudo isso as mortes coletivas!...

Diante dessas desencarnações em massa, que atingem centenas e às vezes até milhares de famílias, semeando o luto e a viuvez, a orfandade e a desesperança — como ficamos com o coração massacrado pela dor!... Como trazemos mediante a simples notícia nos jornais, pelo rádio, na tevê, a alma açoitada pela tristeza!... Em muitas criaturas para logo se instalam o desânimo e a revolta, o desalento e a inconformação!... Por quê? Por que tudo isto? — muitos indagam.

Pois bem, sendo o Espiritismo uma doutrina de esclarecimento e de consolação, ele tem também uma palavra de alento, uma frase de encorajamento, uma linda mensagem de esperança para confortar os corações assim sofridos diante de tais ocorrências que chocam a opinião pública!

Antes de tudo importa saber que não somos apenas

o corpo material, susceptível de sofrer os efeitos da morte quer individual, quer coletivamente...

O homem é, acima de tudo, um Espírito imortal! E este Espírito imortal que é o homem em sua essência não tem começo no berço nem terá fim no túmulo. Não. É ele anterior e continua posterior ao tempo que passa na face da Terra! Nossa existência material, por mais longa que seja, é apenas uma ligeira, uma ligeiríssima passagem pela crosta terrestre, durante a qual todos nós encontramos muitas oportunidades de progredir, em obediência às leis do Criador, as quais só exigem de nós uma única coisa: que trabalhemos com afinco em favor do progresso moral nosso e da coletividade!

Sendo assim, a morte (mesmo nos casos de desencarnações em massa) não pode de modo algum ser encarada como o final de tudo. Não é bem assim que as coisas se passam... Deixando a carcaça na cova fria de um cemitério ou entre os destroços de um acidente fatal, o Espírito (parte essencial de todos nós) encontra continuidade de vida no Grande Além. Escrevendo através do médium mineiro Chico Xavier, em 1942, o escritor patrício Humberto de Campos já declarava:

"A sepultura não é a porta do céu, nem a passagem para o inferno. É o bangalô subterrâneo das células cansadas — silencioso depósito do vestuário apodrecido". E mais afirmou o jornalista famoso: "O homem não encontrará na morte mais do que vida e, no misterioso umbral, a grande surpresa é o encontro de si mesmo".

Em igual sentido escrevera Léon Denis em seu magnífico livro **O Problema do Ser, do Destino e da Dor**: "Por toda a parte se encontra a vida. A Natureza inteira mostra-nos, no seu maravilhoso panorama, a renovação perpétua de todas as coisas. Em parte alguma há a morte como, em geral, é considerada entre nós, em parte alguma há o aniquilamento; nenhum ente pode perecer no seu princípio de vida, em sua unidade consciente". E o escritor francês, que completou admiravelmente a difusão da obra de Kardec, faz ainda uma belíssima comparação, quando declara:

"A vida do homem é como o Sol das regiões polares durante o estio. Desce devagar, baixa, vai enfraquecendo, parece desaparecer um instante por baixo do horizonte.

É o fim, na aparência; mas, logo depois, torna a elevar-se, para novamente descrever a sua órbita imensa no céu.

(...) Não peçais às pedras do sepulcro o segredo da vida. Os ossos e as cinzas que lá jazem nada são. As almas que os animaram deixaram esses lugares, revivem em formas mais sutis, mais apuradas. Do seio do invisível, onde lhes chegam as vossas orações, e as comovem, elas vos seguem com a vista, vos respondem e vos sorriem... (...) Muitas vezes, os seres que chorais e que ides procurar no cemitério, estão ao vosso lado. Vêm velar por vós aqueles que foram o amparo da vossa juventude, que vos embalaram nos braços, os amigos, companheiros das vossas alegrias e das vossas dores..."

Portanto, amigos, deixando o corpo inerte ao nível do pó, o Espírito prossegue a sua trajetória nas rotas incomensuráveis do Infinito, sempre dentro daquela destinação maior — a do progresso em todos os sentidos, no âmbito do imenso Amor de Deus!...

Em verdade, existem leis morais regendo os destinos dos homens, quer no plano individual, quer no contexto coletivo. Nada se improvisa no plano divino! Tudo tem um encadeamento lógico tendente ao progresso. Nós é que não temos ainda condição de entendê-lo porque não conseguimos ver tudo, o passado e o futuro, em sua plenitude. Ora, uma das leis de Deus é justamente aquela que determina receba a criatura de acordo com as suas obras. E aí é que acontecem determinadas ocorrências que não podemos entender sem a contribuição do Espiritismo.

Toda dor que sofremos tem uma causa anterior. Sofremos hoje exatamente de conformidade com o que já fizemos alguém antes sofrer. Não é que Deus castigue quem quer que seja. Afinal, Ele não é nenhum detetive que esteja atento para pilhar-nos em delito flagrante aqui, ali ou acolá! Em absoluto! Deus é Amor. Mas também é Justiça. Somos nós mesmos que, por nossos atos malsãos, por nossas ações egoísticas, por nossos pensamentos inferiores, nos castigamos. Violamos as leis morais e as leis morais nos cobram esta violação justamente para que aprendamos a viver de acordo com estas regras de viver universal. O sofrimento mais cedo ou mais tarde desperta na criatura o interesse, a vontade, o desejo de obedecer às leis do Criador (Leis de Bondade, de Caridade, de Amor e de Justiça).

Como bem define Kardec, é a dor o aguilhão que impele o Espírito na estrada do progresso. Claro que este avanço pode (e deve) ser feito através de boas ações, de livre e espontânea vontade da criatura. Será então uma caminhada mais suave, mais tranqüila, muito menos dolorosa. Ocorre que nem sempre temos esta disposição para marchar com os nossos próprios pés. Não somos dóceis ao impulso generoso do Bem. Por ignorância, damos atenção ao orgulho. Damos guarida ao egoísmo. Damos ouvidos à preguiça. E deixamos de amar o semelhante. Pelo contrário, passamos até a prejudicá-lo. Nesta hora, então a dor — e só a dor — é que terá força suficiente para volver-nos das trevas para a luz, da maldade para a benemerência, do preconceito para o amor, do egoísmo para o desprendimento. É exatamente por isso que muitos de nós, em esmagadora maioria, quase totalidade, salvo raríssimas exceções gloriosas, sofremos, e sofremos amargamente os efeitos de nossas anteriores violações às Leis Morais, nesta ou em vidas anteriores!

Explica-se desta maneira por que é que se dão, às vezes, mortes coletivas. Espíritos endividados são reunidos numa dada encarnação terrestre para passarem por reajustes coletivos. Através destes duros embates, que tanto nos enlutam a alma e o coração — vamos a pouco e pouco nos redimindo das nossas infrações morais à lei celestial. Sendo assim, felizes seremos quando soubermos aproveitar a dor como uma oportunidade de resgate e de progresso espiritual.

Diante das mortes coletivas — não fiquemos revoltados, inconformados, descrentes das benesses da proteção do Pai Celeste. Mantenhamos a nossa fé inabalável no amparo do Criador: Ele nos assiste sempre! Os companheiros (ou nós mesmos) que enfrentam semelhantes transes, todos eles contam com a assistência amorosa de entidades superiores interessadas na depuração moral de todos nós...

Diante das mortes coletivas — peçamos a Jesus que os irmãos desencarnados sejam assistidos pela Espiritualidade Maior, por seus amigos invisíveis, dando-lhes carinhosamente a compreensão mais ampla do que lhes aconteceu como processo de redenção maior...

Diante das mortes coletivas — peçamos a Jesus que

os entes queridos que na Terra ficam chorando de saudade e de dor, se reconfortem, se fortaleçam no conhecimento da Justiça e da Bondade de Deus.

Mas sobretudo, diletos irmãos de minh'alma, diante das mortes coletivas — peçamos ao Senhor de todas as coisas, que nos dê discernimento bastante para que busquemos progredir sem o empurrão da dor. Que sejamos levados a trilhar a senda do avanço, do progresso e da evolução mediante o desejo genuíno de amar o semelhante como Jesus nos amou!

30 — A PROTEÇÃO DO ALTO

Em O Livro dos Espíritos encontramos Kardec fazendo a seguinte indagação:

— Há Espíritos que se ligam a um indivíduo, em particular, para o proteger? E obteve dos amigos da Espiritualidade esta resposta: — Sim, o irmão espiritual; é o que chamais um bom Espírito ou um bom gênio.

À guisa de elucidação, vamos encontrar, ainda de Kardec, estas palavras em O Evangelho segundo o Espiritismo: "Todos nós temos, desde o nascimento, um bom Espírito, ligado a nós e que nos toma sob a sua guarda. Junto a nós desempenha uma função semelhante a do pai junto ao filho: conduz-nos pelo caminho do Bem e do progresso através das provas da vida. (...) Além dele, que é sempre um Espírito Superior, temos os Espíritos Protetores que, embora não sejam tão elevados, nem por isso são menos benévolos. São parentes ou amigos e, algumas vezes, pessoas que nem chegamos a conhecer na presente vida. Assistem-nos com os seus conselhos e muitas vezes intervém nos atos da nossa vida".

Amigos, a doutrina dos anjos-da-guarda, que cuidam de seus tutelados do mesmo modo que os pais terrenos velam por seus filhos, nada tem de surpreendente, embora seja muito consolador tal conhecimento. Ao contrário, ela nos mostra que a morte de modo algum rompe os laços de uma verdadeira amizade. O Amor se prolonga por toda a Eternidade e assim, entre os Espíritos podemos contar com a assistência não apenas de um anjo-guardião mas também com o socorro amorável de amigos desta ou de outras vidas anteriores.

Dentro deste entendimento, passemos a dar exemplos concretos disto aí.

Diversos músicos relatam a existência espiritual de eminentes compositores, como que os inspirando na arte musical. Não deixa de ser a proteção do Alto numa influência sutil muito amorosa. Vejamos:

O conhecido flautista Altamiro Carrilho revelou certa ocasião ao jornalista Zair Cansado (Jornal Espírita, de Novembro de 1977) que sempre que interpreta músicas de compositores como Patápio Silva, Ari José Ferreira e Antônio da Silva Calado, todos eles também flautistas de renome aqui no Brasil — ele, Altamiro, sente-se como que assistido por estes Espíritos, dando-lhe alento para prosseguir em sua arte admirável!...

A Inglaterra nos apresenta o exemplo da médium Rosemary Brown que está recebendo páginas belíssimas de inúmeros compositores do passado, com a coordenação do Espírito de Franz Listz, páginas estas apresentadas com sucesso até pela famosa BBC de Londres!

Há ainda um exemplo interessantíssimo que gostaríamos de apresentar aos leitores. O célebre violinista francês Jacques Thibaud, que desencarnou em 1953, num desastre aeroviário, no Oceano Atlântico, deixou registrado em seu diário que Mozart era, na verdade, o seu anjo-da-guarda. Quando pegava o violino, sentia o calor da mão do inolvidável músico sobre a sua mão!... Ao interpretar os concertos, sentia a sua presença junto de si. — Meu arco — dizia Thibaud — e minha mão obedecem a uma presença invisível: a dele.

Na verdade, Mozart não chegou a ser violinista. No entanto, sua obra, interrompida com sua morte física aos 35 anos de idade, apresenta sessenta páginas para este instrumento; e estas sessenta páginas sempre foram preferidas por Thibaud. O violinista declarou-se médium, explicando que em toda a sua vida sempre sentiu a influência de Mozart, e isto desde os quatro anos de idade, quando o viu pela primeira vez. Viu-o inúmeras outras ocasiões mas jamais esqueceu a primeira visão: — "Ele me sorriu e me iluminava — a vestimenta típica da sua época (era ainda menino) de túnica de cetim, meias brancas e sapatos com **bouclés**"...

Noutro trecho de suas memórias, Thibaud afirmava que cada vez que tinha um problema sério a resolver e ficava inquieto, murmurava o nome de Wolfgang (prenome de Mozart) e o Espírito se fazia logo sentir a seu lado!

Ocorre que, mesmo sem ser você músico, poderá contar com esta proteção do Alto. Vamos a um último exemplo, fora do mundo da arte musical.

Madrugada. Desabava o maior temporal naquela cidade do interior. Trovões ensurdecedores estourando pelos céus cobertos de pesadas nuvens. Relâmpagos ameaçadores rasgando a atmosfera despejando violentas descargas por todas as partes. E a chuva caindo às bátegas, alagando ruas, estradas, campos.

A despeito da borrasca, o padre dormia a sono solto em seu humilde quarto, nos fundos da igreja de que era pároco. Acordou com alguém batendo fortemente à sua porta. Preocupado, o sacerdote atende. Era uma pobre mulher que, inteiramente molhada, roupas coladas ao corpo, pés descalços na lama do solo, vinha pedir-lhe socorro:

— É o seguinte, padre. O filho de Dona Fulana de Tal (dava-lhe o nome e endereço) está à beira da morte. Pelo amor de Deus, venha dar-lhe a extrema-unção.

— Mas minha filha... debaixo deste violento temporal?

— Ah! Padre — insistiu a mulher — eu lhe suplico em nome de Deus. Vá até lá. Não deixe o rapaz morrer sem a sua assistência sacerdotal! E começou a chorar.

O padre não viu outra alternativa senão cumprir com o seu dever religioso. Despediu-se da criatura aflita e aprontou-se para ir à casa da Dona Fulana, cujo filho estaria à beira da morte. Envergando então velha capa e erguendo um guarda-chuva meio surrado, para lá se botou o sacerdote debaixo da água que caía intensa. Porém, em lá chegando, percebeu que a família estava recolhida em silêncio. Tudo escuro. Na certa, todos dormiam a sono solto. Não havia o menor sinal de alguém agonizante... Teria sido vítima de algum sonho e pensou que fosse verdade? Ou talvez alguma brincadeira de mau-gosto? Contudo, por via das dúvidas, já que estava ali, todo molhado, bateu. Bateu outra vez. Na terceira vez, a dona da casa atende:

— Oh! padre!? O que houve? O senhor por aqui a estas horas? E debaixo desta chuvarada! Vamos, entre, entre, saia da chuva.

O padre explica o motivo de sua vinda. Entretanto, a mulher se espanta:

— Não... meu filho não está sequer doente! Goza a mais perfeita saúde... Está inclusive dormindo lá no seu aposento, no andar superior da casa. Tudo bem; não havia nada de anormal com ele, não.

— Bem, devo ter tido um pesadelo — esclareceu o padre, meio sem graça. E já se preparava para voltar à paróquia, debaixo da chuva que persistia, quando um grito terrível saiu do quarto onde dormia o rapaz de 15 anos de idade. Angustiada, a mulher corre subindo a escada; o padre segue-lhe os passos; no !eito o adolescente se contorce no acesso de um mal súbito! E vem a morrer sem tempo de receber os primeiros socorros. E o padre, ainda aturdido, se vê na contingência dolorosa de dar-lhe a extrema-unção!

Um mês depois, indo visitar a Dona Fulana de Tal, para ver como a criatura estava reagindo à morte inesperada do moço, conversa vai, conversa vem, ela quis saber dele como soube da ocorrência que ainda não havia acontecido.

O padre explica:

— Bateu à minha porta pedindo socorro aquela mulher **ali.** E apontou para um retrato existente na sala.

— Tem certeza de que foi ela, padre!? indaga Fulana, boquiaberta.

— Sim, foi ela, sim. Chovia muito. Mas eu me lembro bem. Foi ela mesmo!

— Bem, padre, devo dizer-lhe que aquele rapaz não era meu filho, como todos pensam. Foi meu sobrinho. A mãe dele é aquela do retrato. Foi minha irmã. Teve um momento infeliz e apareceu esperando uma criança. A criança nasceu. Nasceu e ela me deu para criar. Pouco depois ela morreu. E eu criei o menino dizendo para todos que era meu filho. Ninguém sabia disto. Apenas ela, meu marido e eu; e agora o senhor.

Amigos, é isto aí. Agora a defunta, ou melhor dizendo, o Espírito desencarnado da extremosa mãezinha, aparece ao padre, alta madrugada, em plena tempestade e implora a ele a assistência para o filho prestes a voltar também ao mundo espiritual. Quer dizer, a morte não existe. O Espírito sobrevive à separação do corpo material. O afeto, a ternura, o amor podem dar-nos cobertura amorosa até além da sepultura. Todos temos amigos que, no Grande Além, nos amam, nos querem bem, por isso mesmo nos protegem, nos amparam, nos reconfortam nas horas graves de nossas dificuldades. Os Espíritos podem comunicar-se com os homens, inclusive assumindo temporariamente a forma humana, a fim de evidenciar mais e mais esta comunicação, a qual pode ocorrer em qualquer ambiente, não forçosamente espírita.

Numa palavra, todos contamos sempre com a proteção do Alto!

31 — MUNDO DE PAZ INTERIOR

É claro que todos nós queremos viver num mundo de paz. De tranqüilidade. De harmonia e sossego. Coisa mais dolorosa não existe do que a guerra, os campos de batalha, as cidades destruídas, os campos incendiados, crianças abandonadas, velhos feridos, soldados mortos... Tudo isso é muito triste e constrangedor.

Todavia, se não temos condições para riscar a palavra guerra do dicionário humano, se não dispomos de elementos para implantar, na Terra, uma ordem sócio-econômica onde não mais o forte espezinhe o fraco, o rico não se faça mais rico e o pobre mais pobre, pelo menos no universo da nossa vivência e no mundo da nossa convivência, façamos paz, criemos um ambiente de tranqüilidade, plasmemos um clima de harmonia, armemos um ninho de sossego. Nosso lar, dentro desta ordem de idéias, pode ser um pequeno paraíso, embora no relativismo das coisas terrenas!

O pensamento tem inaudito poder de criação. As criaturas, não raro, ignoram este potencial energético de que dispõem e que poderia ser colocado a serviço da sua paz interior. Na verdade, somos mais ou menos aquilo que pensamos. Quer dizer, acabamos como que criando em nosso derredor, exatamente de conformidade com o que pensamos, com aquilo que diuturnamente mentalizamos. De tanto pensar numa determinada coisa, acabamos como que materializando esta mesma coisa em nossa vida. E aí — o ideal seria se só mentalizássemos coisas boas, coisas agradáveis que, afinal, nos proporcionam um estado de bem-estar e de paz íntima.

Escrevendo pelo lápis do médium Chico Xavier, Emmanuel nos aconselha, entre outras coisas, se procuramos a paz, então devemos olvidar as reminiscências amargas e manter assim na memória os acontecimentos felizes que se nos surgiram na estrada, alguma vez, porque eles, de fato, nos deram, na referida ocasião, euforia e plenitude espiritual.

Sem dúvida, a memória é uma espécie de arquivo no porão do Espírito, onde vamos colocando as fichas das ocorrências que vivemos. Neste fichário, dessa maneira, vamos guardando, uma a uma, reminiscências diversas: umas ligeiras, outras mais profundas; algumas de alegria, outras ainda de depressão. E por aí vai o nosso fichário íntimo de recordações.

Para que possamos sentir o coração em paz, como lembra Emmanuel, importa não nos fixemos demasiadamente na lembrança dos fatos tristes, das situações dolorosas, das cenas frustrantes. São capítulos desagradáveis do grosso livro da vida que só deveremos reler com a finalidade de extrair deles alguma lição para o futuro. Assim é que, se errei naquele ensejo, agindo de um modo não cristão — a recordação de tal fato deverá orientar-se no sentido de não mais proceder de igual maneira.

Não é aconselhável ficarmos recordando o que já passou com mágoa no coração, com ressentimentos na alma, com uma sombra de pessimismo no Espírito... Tal rememoração não traz, não pode trazer mesmo, alguma felicidade a quem quer que seja. Muito ao contrário, ela como que nos instala o desânimo e a descrença, o desalento e até um cansaço interior. E tal estado de Espírito é altamente pernicioso porque entrava, atrapalha, dificulta a marcha progressiva da criatura para Deus. Torna inclusive mais penoso o nosso relacionamento com as criaturas que nos são queridas ao coração.

Abramos o fichário da memória no vasto arquivo das relembranças e peguemos as fichas das situações de elevação e contentamento, os instantes de vitória e de felicidade, os momentos de paz e de tranqüilidade. Esta evocação ser-nos-á de revigorante tônico para encarar as possíveis dificuldades naturais da romagem terrena. Esta rememoração ser-nos-á abençoada certeza de que Deus não nos abandona, não nos deserdou, não nos deixou órfão de seu incomensurável Amor... O próprio sofrimento que talvez nos visite agora — é a melhor maneira pela qual o Criador quer acelerar o processo de nossa melhoria moral e espiritual.

Amigos, em síntese: olvidemos reminiscências amargas. Mantenhamos na memória acesa a verde luzinha da esperança na recordação dos lances felizes do nosso viver. Se procuramos a paz, esqueçamos assuntos que provocam a mentalização de erros ou de tragédias. Infelizmente, há criaturas que têm um prazer mórbido não só de recordar mas até de comentar com detalhes a ocorrência de crimes, de acidentes, de deslizes alheios. Estudam com ironia e mordacidade o lado menos feliz dos companheiros terráqueos. Inclusive nos velórios, fazem a necrópsia moral do morto, o que é ponto de partida para um grande sofrimento no ânimo do desencarnado. Chega a ser impiedade nas circunstâncias de um velório estar alguém a apontar defeitos na vida pretérita do defunto, pois aquele Espírito muito padece neste ambiente de crueldade mental.

Se desejamos, enfim, a paz, a tão ambicionada paz interior, pensemos no Bem, falemos no Bem, façamos o Bem. Só assim é que estaremos contribuindo para a paz alheia e para a paz de nós mesmos!

Exatamente por isso já escreveu o Espírito André Luiz pelo lápis do médium Chico Xavier: Perante a enfermidade — desfazer idéias de temor ante as moléstias contagiosas ou mutilantes, usando a disciplina mental e os recursos da prece. A força poderosa do pensamento tanto elabora como extingue muitos distúrbios orgânicos e psíquicos.

E mais anotou André Luiz: Em tempo algum empolgar-se por emoções desordenadas ante ocorrências que apaixonem a opinião pública como delitos, catástrofes, epidemias, fenômenos geológicos... Acalmar-se é acalmar os outros... Portanto...

32 — SEMEEMOS SEMPRE

Há quem diga assim, desanimado:

— Ah! Não vale a pena cultivar o solo dos sentimentos humanos, não... Não vale a pena o esforço de semear, nele, as sementes do Evangelho... O chão está por demais ressequido, está coberto de pedras e de espinhos. As poucas sementes que germinam acabam fenecendo ao sufocante calor do verão abrasador do egoísmo, esmagadas pelos calhaus da vaidade e do orgulho, estas ervas daninhas que vicejam por todas as partes.

E se põe a anotar as dificuldades que repontam aqui, ali e acolá.

Aqui é a presunção de alguém que não admite nada acima de sua pessoa.

Ali é a indiferença de outrem que não move uma palha sequer em benefício alheio.

Ontem foi a falta de recursos monetários. Hoje é o receio de expor-se ao ridículo por definir-se claramente cristão! Enfim, há sempre uma desculpa para ausentar-se do trabalho, sempre uma justificativa para abonar sua falta na Vinha do Senhor.

Definitivamente — muitos terminam por encostar a enxada. Não oferecem à Humanidade a sua cota pessoal de esclarecimento ou de consolação a quantos necessitam de luz e de paz. À maneira do caipira Jeca Tatu, criação imortal de Monteiro Lobato, exclamam: — Qual... não paga a pena...

E cruzam os braços durante... séculos!

Ora, meus amigos, se também pensasse assim, o sol não romperia o negrume da noite e estaríamos mergulhados eternamente nas trevas espaciais. Se raciocinasse de igual maneira, a chuva não alimentaria as fontes e sofreríamos os horrores da sede implacável. Se refletisse do mesmo modo, o professor não levaria a palavra do saber e o fruto de sua experiência às crianças e aos jovens e a ignorância sem demora entravaria o progresso da coletividade. Se concordasse com isto, o médico não socorreria a dor do enfermo e as epidemias devastariam cidades e campos. Se aceitasse tal filosofia de vida, o lixeiro não recolheria os detritos das casas e das fábricas e as moscas com os vermes assolariam as metrópoles populosas. Numa palavra, se por uma questão de comodidade, para não expor-se ao risco de ferir-se, a família humana cruzasse os braços, como muitas vezes fazemos na semeadura do Evangelho, evidentemente a civilização voltaria rapidamente ao estado de barbárie, com o colapso da economia, a balbúrdia da administração, o relaxamento dos princípios de moralidade.

Ainda que seja o solo árido é necessário atirar as sementes do Evangelho sem esmorecimentos. É preciso nunca descrer das potencialidades humanas! O coração das criaturas é um universo indevassável! Pode perfeitamente reservar-nos as mais surpreendentes revelações, daí o povo dizer que coração alheio é terra onde ninguém pisa...

Muito a propósito, li uma trova recentemente do patrício Colbert Rangel Coelho, onde ele diz:

Passei a crer nos amigos
e em bondade ainda creio
depois que vi dois mendigos
dividindo um pão ao meio!

Não faz muito tempo, o nosso mundo conheceu a figura admirável de Albert Schweitzer, aquele alemão que deixou a fama européia (era exímio organista, o maior conhecedor da música de Bach e apreciado teólogo) para dedicar-se de corpo e alma aos negros leprosos da África Equatorial Francesa, para tanto iniciando a carreira médica aos 31 anos de idade, tornando-se, posteriormente, o maior entendido em doenças tropicais. Pois bem, são deste benemérito alsaciano estas palavras:

"Na ajuda ao próximo, o homem pode penetrar no limiar das aventuras da alma — a mais segura fonte de paz e de satisfação de nossa vida. Essa carreira do Espírito eu chamo de **segunda profissão.** Não há melhor remuneração do que o privilégio de exercê-la. Nela, todas as nossas reservas de forças podem ser postas em ação. Pois aquilo que o mundo mais precisa é de homens que se preocupem com as necessidades do outrem".

Amigos leitores, diante destas palavras — semeemos sempre. Semeemos sem revolta nem queixume. Semeemos com prazer a semente boa do Evangelho. Semeemos sobretudo através dos bons exemplos. Eles falam mais do que as palavras. Talvez noventa e nove grãos se percam na presente vida. Será uma perda aparente. Mas um grão ainda hoje poderá germinar e transformar-se em erva, em arbusto, até mesmo em árvore ao influxo de nossa dedicação. Como cantava em lindo poema, Zamenhof, o autor do Esperanto, língua auxiliar internacional: "(...) Não nos atemorizam os fantasmas noturnos, nem os golpes da sorte, nem os escárnios dos homens. (...) Mesmo a gota, pequena, a bater constantemente, perfura o monte granítico."

Com efeito: lavrador algum que seja digno deste nome relega a charrua à ação da ferrugem. Ao contrário, ergue-se antes do sol nascer e só se recolhe após o escurecer. O dia inteiro ele passa a afofar a terra, a arrancar as ervas daninhas, a retirar as parasitas, as pedras, os espinhos, adubando a semente, protegendo o canteiro, cuidando da plantação para que haja colheita no tempo apropriado. Não tenhamos pressa. Recordemos Ruy Barbosa a proclamar alto e bom som: "Quando praticamos uma ação boa, não sabemos se é para hoje ou para quando. O caso é que os seus frutos podem ser tardios, mas são certos. Uns plantam a semente da couve para o prato de amanhã, outros a semente do carvalho para o abrigo do futuro".

33 — BEIJO E EDUCAÇÃO

A cidade de Nova Iguaçu, no contexto populacional da Baixada Fluminense, conheceu e reconheceu o trabalho educacional da Professora Aurélia de Souza Braga, dando amor à infância local ao longo dos anos. Tive a felicidade de ter sido seu aluno na Escola Municipal França Carvalho, no começo dos anos 50. Prestei-lhe justa homenagem através do hebdomadário Correio da Lavoura, no domingo 20 de fevereiro de 66, com a crônica que se segue, uma verdadeira mensagem de esperança no poder da Educação como único meio e método de tornar real o sonho de um mundo melhor, de uma Humanidade mais feliz!

Vamos a esta crônica escrita há tanto tempo, quando iniciava a minha vida de comentarista de jornal do interior. Ei-la:

"Mário Barreto França, poeta evangélico de portentosa inspiração, escreveu belíssimos poemas. Num deles o general-poeta narra as peripécias escolares de um peralta (Paulo) que, no fundo, só necessitava de Amor, só precisava de carinho, de afeto, de compreensão das mestras pois que de ternura o seu lar andava carente na pobreza total em que vivia.

Ora, esta tese já foi defendida por Pestalozzi para quem, por sugestão de Jean Jacques Rousseau, "o Amor é o fundamento eterno da Educação". . .Felizmente hoje em dia, empregando seus esforços da Escola Nova a serviço das conquistas educacionais — as únicas que podem de fato reformular moralmente o mundo — os psicólogos reconhecem a influência do sentimento maior na formação das crianças e dos adolescentes no desempenho daquilo a que, por exigir idealismo e ternura, os ingleses deram o nome de **"labour of love."**

Naturalmente o Amor não exclui das tarefas docentes aquela autoridade, mais moral do que física, que censura, que admoesta, que até pune, se preciso — com o único fito: o de plasmar a personalidade do educando em processos biopsíquicos e sociais de formação positiva! É o que poderíamos definir, sem incorreção semântica, como sendo energia bondosa ou bondade enérgica, o que constitui uma das características primordiais do lídimo educador!

Soube eu há dias que correu vitorioso nos Estados Unidos um tal de quissógrafo, ou seja, do inglês **kiss** = beijo mais do grego **grafein** = grafar, quer dizer, uma espécie de álbum onde a pessoa solicitada grava um beijo com os lábios previamente carminados. A informação adiantava ainda haver em Los Angeles uma senhora que possui em sua coleção os lábios dos principais artistas norte-americanos. No entanto, em seu álbum há ainda dois beijos deveras interessantes.

Primeiro de uma criança. Ficando órfã, foi entregue a uma tia, por ser de tenra idade. Tia parenta da mãe falecida. Acontece que esta tia era uma criatura de maus bofes. Maltratava impiedosamente a criança até que um dia em que, por denúncia de vizinhos, a Polícia internou-a, desnutrida, num hospital. Como, certa vez, a criança se negasse a tomar um dado remédio, uma enfermeira que se desdobrava em carinhos para com a doentinha, promete dar-lhe um beijo se fosse obedecida. Foi então que a criança indagou:

— Que é um beijo?

Claro que a insólita notícia se espalhou pela cidade de modo que a internadinha recebeu presentes a não mais poder de inúmeros visitantes. Agora eu pergunto: — Essa criança não estaria no caso do Paulo, do poema composto pelo poeta-general Mário Barreto França? Iguais a ela não há milhares de órfãos que só pedem e esperam Amor? São chamados, às vezes, de órfãos de pais vivos. Só o Amor encheria de Paz e de Luz os seus corações infantis tão vazios de afeto.

O outro beijo do álbum da senhora Los Angeles era de um condenado à cadeira-elétrica! Cadeira-elétrica! De chofre lembra-me Coelho Neto afirmando que "o carrasco suprime o criminoso mas a miséria mantém o crime". E assim é, de fato! Pior do que a miséria material dos povos subdesenvolvidos é a miséria moral em que se mergulham, não raro, até grandes centros populacionais dos países ditos Grandes. Deixemos este detalhe, entretanto, para outra pena mais ousada comentar com maior propriedade, e voltemos ao caso do condenado à cadeira-elétrica. O réu, então, teria dito: — Os antropófagos exigiram as minhas impressões digitais. É justo que uma mulher possua as dos meus lábios.

E nós tornamos a perguntar: — Quantos criminosos não foram criados na infância — se é que a tiveram — como aquela pobre criança que era maltratada pela tia e que não sabia o que era um beijo? Sem carinho de mãe? Sem orientação de pai? Sem o afeto de alguém até que descobrisse Amor de uma enfermeira anônima, como tantas que conhecemos em hospitais por aí?

Se aquele condenado à morte fosse educado com energia bondosa (ou com bondade enérgica!) — não é provável que poderia ser um cidadão útil à família, à Pátria, à Humanidade?"

E por aí seguia, amigos, nossa página em homenagem a uma professora que nos concedeu a possibilidade de, mediante uma bolsa de estudos, fazer nosso curso colegial (hoje em dia 2.º grau). Homenagem justa porque ela amou (solteira que se mantém durante a vida) como verdadeira mãe muitos e muitos meninos sem lar na Baixada Fluminense.

O Bem é sempre humilde e anônimo. Não gosta de expor-se. Mas devemos colocá-lo em destaque. Já disse Jesus que a Luz deve ser posta em local de destaque para clarear mais longe. Exemplos assim devem ser divulgados para servir de inspiração a outras pessoas na seara do Bem comum.

Não descansarei a pena no ponto final sem transcrever outra página que saiu em órgão de João Pessoa (PB) em sua edição de março de 80 e que é também outra mensagem de esperança no convite ao trabalho em prol do Bem comum. Trata-se do jornal A Caminho da Luz, dirigido por Walter Xavier Macedo.

Intitula-se esta crônica Tuas Mãos e foi assim elaborada:

"Pára um pouco e repara em tuas mãos. Dedos flexíveis, ágeis, sadios. Polpa macia, pele rosada, unhas polidas. Quanta coisa podes fazer com estas mãos! Escrever belas cartas. Compor sonetos de amor. Anotar na pentagrama dos sentimentos canções de ternura e de saudade. Dedilhar um piano recordando Chopin. Ou debuxar um quadro à maneira de Portinari. Apertar os botões de um computador ou pressionar as teclas de uma máquina-de-escrever.

Com as tuas mãos podes descascar legumes na pia de uma cozinha doméstica como podes plantar cereais na lavoura do interior do Brasil gigante. Com elas podes acariciar os cabelos de uma criança, afagar a cabeça de um cãozinho, mergulhá-las na água fria de um tanque para lavar um cobertor de lã de um velhinho doente.

Amigo, pára um pouco e repara em tuas mãos.

Há mãos que empunham a pena na defesa da liberdade através da imprensa. E há mãos que vibram, na sombra da perfídia, a lâmina de um punhal. Há mãos que partejam gêmeos sobre os trapos de uma enxerga. E há mãos que praticam o aborto criminoso no luxo de uma clínica sofisticada. Há mãos que amassam a farinha para o preparo do pão. Mãos que revolvem o barro para o fabrico do tijolo. Mãos que manipulam a droga na elaboração do remédio. São mãos abençoadas que desfolham rosas pelas estradas do viver. E há mãos que assinam decretos de morte, assinam declarações de guerra, assinam intrigas, discórdias e mentiras...

Mãos... Mãos que variam ao infinito na infinita variedade dos caracteres humanos. Mãos que se elevam a Deus numa prece. Mãos que tomam de uma agulha com linha e preparam as roupas de um bebê. Mãos que pegam da colher e do frasco e levam o xarope aos lábios de um doente. E há mãos que castigam o semelhante, mãos que levam o tóxico ao sangue de jovens incautos, mãos que acionam o gatilho de armas assassinas, mãos malfazejas que amontoam pedras no alheio caminho!...

Pára um pouco e repara em tuas mãos. Dedos sem artritismo. Ágeis, sadios, obedientes à vontade de seu dono e senhor. Polpa macia. Pele rosada. Unhas polidas. Com tuas mãos podes fazer o Bem, semear flores, atirar beijos...

Com teu trabalho manual disseminas paz e esperança? Ou ódio e descrença?

Com teu esforço diuturno as tuas mãos são luzes ou trevas?

Afinal, meu amigo, pára um pouco e repara em tuas mãos. Indaga delas o que tens feito em prol da Humanidade. Por Deus, façamos todos nós este questionamento a nós mesmos, a cada dia, antes da oração, pois que no mundo - tanto entre os encarnados como entre os desencarnados - muitos existem que choram amargamente o mau uso que deram às suas próprias mãos".

No livro "Assim Vencerás" edição IDEAL, Emmanuel, através das mãos de Chico Xavier, assim se expressa, em torno do AMOR: "Não te esqueças da riqueza encerrada em teu auxílio no próprio corpo... Recorda o patrimônio das mãos e planta uma árvore amiga ou socorre a esse ou aquele doente, enquanto as horas voam, em derredor de tua permanência na Terra... Pelo amor nascemos, pelo amor nos desenvolvemos, pelo amor lutamos e por ele nos renovamos, através da morte, para renascer de novo, até a perfeição final. Essa é a Lei."

Eis então a página que encerra nosso livro, caro leitor.

Agradeço ao Bom Deus pelas mãos que Ele me concedeu para escrevê-lo!

Sou-Lhe grato pelas mãos do editor que folheou os originais e acreditou na mensagem de esperança neles contida. Pelas mãos dos gráficos que compuseram, imprimiram e encadernaram os volumes. Pelas mãos dos revendedores que o distribuiram e levaram até o leitor mais distante.

Agradeço a Deus pelas mãos do leitor amigo que me segurou o livro até agora e acaba de lê-lo.

Contando Histórias

É uma seleção de excelentes contos para crianças, jovens e adultos de todas as idades. Esta 3ª edição foi revista e ampliada, com linda capa em quatro cores. Nesta nova edição participam: Celso Martins, Antonio F. Rodrigues, Rodrigues de Camargo, Sérgio Lourenço, Leandro Guerrini, Francisco Pessolano Júnior, Ary Cassiano da Silva, Lúcia Amaral Kfouri, Célio Romero, Izaías Claro e Sonia Cleide.

Problemas Espirituais?... Como Resolvê-los.

(...) é elevado o número de pessoas aflitas buscando consolo nos médicos, nos psicólogos, nas casas de orações, enquanto muitos também extravasam seus problemas nas fugas do alcoolismo, dos tóxicos, dos atos violentos, até mesmo do suicídio.
Por ser testemunha de todo este elenco de dificuldades com que a Humanidade se defronta, Celso Martins elaborou este livro onde alguns subsídios são oferecidos ao leitor a fim de orientá-lo e consolá-lo à luz do Espiritismo.